Sie sind alle am Anfang ihrer schriftstellerischen Karriere, nicht älter als 35 Jahre. Die meisten suchen nach einer ernsthaften Herausforderung in der Literaturszene. Dazu haben sie die Chance – als Teilnehmerinnen und Teilnehmer des open mike der Literaturwerkstatt Berlin.

Der open mike ist ein internationaler Wettbewerb junger deutschsprachiger Prosa und Lyrik. Schon längst ist er über die Grenzen Deutschlands hinaus bekannt.

Viele Autoren, deren Namen heute im Literaturbetrieb bekannt sind, haben ihre Karriere beim open mike in der Literaturwerkstatt Berlin gestartet. Dazu gehören z.B. Nico Bleutge, Karen Duve, Björn Kuhligk, Kathrin Röggla, Julia Franck, Terézia Mora, Jochen Schmidt, Zsuzsa Bánk und Tilman Rammstedt.

Sechs Lektorinnen und Lektoren aus renommierten Verlagen – Urs Engeler (Urs Engeler Editor), Wolfgang Farkas (Blumenbar), Wolfgang Hörner (Galiani Berlin), Andreas Paschedag (Aufbau Berlin), Claudia Romeder (Residenz) und Klaus Siblewski (Luchterhand) – haben riesige anonymisierte Textberge abgetragen, sich durch 700 in die Wertung gekommene Einsendungen gelesen und die 20 interessantesten Texte herausgesucht. Die ausgewählten Autoren lasen im Finale im November 2009 in Berlin.

Der 17. open mike ist eine Gemeinschaftsveranstaltung der Literaturwerkstatt Berlin und der Crespo Foundation.

In Zusammenarbeit mit der WABE und dem Allitera Verlag.

17. open mike

Internationaler Wettbewerb
junger deutschsprachiger Prosa und Lyrik

Alle Wettbewerbstexte

Weitere Informationen über den Verlag und sein Programm unter:
www.allitera.de

Allitera Verlag
© 2009 Anthologie: Allitera Verlag, München
© 2009 Texte: bei den Autoren
Umschlagbild: allstar designs
Herstellung: Books on Demand, Norderstedt
Printed in Germany · ISBN 978-3-86906-075-0

Inhalt

Wolfgang Hörner *Vorwort* · 7

Konstantin Ames *Gedichte* · 9
Ondřej Cikán *Die Gruppe* · 22
Carolin Dabrowski *Gedichte* · 26
Greta Granderath *To go, went, gone.* · 38
Alexander Gumz *Gedichte* · 45
Vea Kaiser *Segel auf Butterfly* · 57
Jenny Kau *Brückenwärts* · 65
Anne Krüger *Gedichte* · 70
Andreas Lehmann *Der Tag, an dem sie ihn verließ* · 84
Juliane Liebert *[lugdunam]* · 89
Sebastian Th. Lollschied *meros_3* · 94
Thomas Mahler *Die Treppe* · 100
Inger-Maria Mahlke *3. Kapitel: Potulski I* · 105
Marie T. Martin *Nachmittag* · 112
Claudine Muller *Erdbeerenzeit* · 118
Pyotr Magnus Nedov *Maxime # 209* · 123
Pola Pulver *Alles auf eine Karte* · 129
Matthias Senkel *Peng. Peng. Peng. Peng.* · 137
Jan Sprenger *Was sie sagte und ich nicht verstand* · 144
Lutz Woellert *Ellis Island* · 151

Die Autoren · 159
Die Jury · 163
Preisträger und Jury 1993–2009 · 165

Wolfgang Hörner
Vorwort

700 Autoren, die sich 2009 mit ihren Texten beim open mike bewarben. Dabei war – wie immer – viel Ich, viel Beziehung, relativ wenig Welt und (das war früher vielleicht anders) erstaunlich wenig Experiment. Aber ist das verwunderlich bei einem Wettbewerb, der sich an junge Schreiber richtet, die noch nicht veröffentlicht haben? Die unverlangt zugesandten Manuskripte in den Verlagen haben ein ähnliches Mischungsverhältnis und ihr Durchforsten gleicht über lange Strecken eher einer Strafarbeit. Der freilich setzt man sich dann doch dankbar aus für die raren, aber durchaus existenten Momente des Glücks, doch auf die guten Sätze zu treffen, auf die gewagten Konstruktionen, die großen Geschichten, die verblüffenden Denkfiguren.

Auch in diesem Jahr haben wieder sechs Lektoren die Textberge durchforstet, werden gestöhnt und geächzt haben, sind vielleicht auch nicht mit allen der 20 Texte, die dann als Vorschlag für den Wettbewerb übrigblieben, so glücklich, wie sie es sich im Vorfeld erträumt hatten – aber auch diesmal sind beachtliche Funde dabei, Autoren, die wirklich Talent haben, und Autoren, die offensichtlich an diesem Talent auch schon gearbeitet haben.

Und ums Talent geht es ja bei diesem Wettbewerb vordringlich, um das noch weiterentwickelbare Potenzial, das in diesen Autoren steckt. Umso löblicher, dass es im Anschluss an den Wettbewerb auch dieses Jahr wieder eine Textwerkstatt für die beteiligten Autoren geben wird, an dem ein Wochenende lang an ihren Texten gearbeitet, über ihre Texte diskutiert, über Literatur an sich geredet wird.

Und wenn es jetzt in der öffentlichen Aufmerksamkeit erst einmal um die 20 Ausgewählten gehen wird, wenn sich diese Aufmerksamkeit dann später auch noch einmal auf die Gewinner fokussiert – und so sehr die Lektoren beim Lesen Hunderter von Seiten stöhnten – keiner von ihnen ist gegenüber der Tatsache blind, dass auch in den 680 hier nicht abgedruckten Texten unendlich viel Mühe, Herzblut und Hoffnung steckt, und dass auch hier Talente verborgen sein mögen, die nicht erkannt oder noch nicht wirklich zutage getreten sind.

20 Texte haben den Weg zum Open Mike und in dieses Buch geschafft. Welche darunter von den Juroren und dem Publikum nochmals hervorgehoben werden, dem sehen wir mit Spannung entgegen. Für die deutsche Literatur ist auf jeden Fall schon vor dem Endergebnis ein Gewinn, dass es diesen Wettbewerb überhaupt gibt.

Wolfgang Hörner

Konstantin Ames
Gedichte

leipziger langhaariges

1 elegie um ein haar

ich sehe am waschbeckenrand
in form eines großen g
ein haar haare

2 März. E-Mail nach breddín
für Hele
Wo eine form, ein forum (wie ein feld vorm abend will
Grins nicht zu früh, scwach grins erst, wenn du ankommst
Und keine not an kommata mehr herrscht am nachmittag
Und keine sciefen pflaster uns den scritt zum nascmarkt
So hin und her verstreuen. im nachen durch die mark

Wo eine form, ein forum wie ein feld vorm abend will
Ich nicht sagen), ein areal – in der rechten einen spruch,
In der linken schwenk ich rasch ein hinweisschild –
Im gelände eine wahrnehmungsstunde wort für ort beklomm

Brief an die korinthenkacker, nur um brot, veggieberief.
Eisenbahnstraßen und promenaden. mischen ohne zahl
Laubsägearbeiten, bastelkeller, garten- & modelleisenbahnen,
    holz-
Scnitzereien, pfannkuchen, ein meter weit befreiendes screien
Sciefe brandnarben auf der haut, ein H, ein H, und noch ein H

3 stoffwechselsammlung

links die kuchengartenstraße (kuchenbergstraße) die
rußschwarzen exfenster oben
drei leere bier auf einem sockel zwei glatzekahle prekäre
jva-ler irgendwann gegen 14 uhr jahre die
vielleicht danach dort wohnen
der polster spezi biegt heute mal seinen nackten nacken
sieht mich rechts außen vorbei
noch nicht das loch im kopfsteinpflaster

vorbeigehen mit der zeit unter der achsel (rasiert)
rettet die alten häuser!

Vom Haartausend was mir gefällt: da muss was faul sein.
Vom Tellerwäscher – kleide mich in ein frisches kühles Hemd, um zum Hochkrempeln was zu haben.
Vom Applaus – starker Regen.

WeineRampsslüge
Gelbßerlebt und erbserzählt
von

..., 16. Noaember 1914
kursiv oder nicht Halbmann vorm August bei den Eisenbahnern
Morgenstern in Meran schon Buchstaben Gräben in der Luft
aber nicht von Oben Erfinder der Kurve. Keine drrrr
ei Jahre zuvor nie DADA, fast nie den Dada gesehn
blieb auch in Meran oder wo den Scheitel bleckt
Chimney Sweeper. Wolkenfeger würde ich (früher eben)
Sieben zehn Poeten; blut-   kaum eine Hütte war,
dies zu
junge Bengels zumeist. Oben Igel
und seine Hasen Gabelfrühstück im Kraut
Jmmer guter SchnörkelLlaune auch
gesagt haben Aaa juu Inglischmänn
in seinem Holzverschlag, vberschossen Da ber beutfche Doppel=
fo ergab fjich, dasz die tödlichen Gchjüffe
aon wir ausgegangen maren. 3u muueiner groszen
Tjreude stehje ich aljo mieder einwal iw Rerichjt
Am not I once upon a time, lil'
Präzision, die gleiche Position noch mal, meinn Herrnn
Ob Nietzsche auch so schlimm gesächselt hat?
Lange Jagden. Morgengrauen. Zukunfts-
..., 27. NRai 1916
blauen Kastenzugehörjen blaue Bohnen und Blauen pur
Eifernes Rreuz 1. Rlajje und sonsje Tattoos
        Oberleutn
Mar Pimilianmmel gest. morden
auf zwei Rädern Todt angefressen

Wie es ginge, fragte

Darum geht es nicht.

ja, sicher, du
du hast früher sport getrieben
das sieht man, dass du früher viel (sehr
liebe will ich noch eine
sauerei in meinem ohr), auf lippen, vier (bloß drei?) bereits
(bei mir gefühlte vier) stunden später; das drum und dran
ist aber auch ganz nett gewesen, es (kussbeißküssen)
war nicht ganz so, doch, na, nah daran
wie es hätte sein sollen

a e o u o schrammer geist! komm und füll mich auch!

weitgehend unbegründeter wurm

mein z würde dir nicht gefallen.
du: drum eben!
erbarmtes tier.

                                              (liebe in zeiten der natur, 5.7.2009)

mir ist wohl ein blitz ins hemd schlagen;
zwischen kehle linse liegt er
griffen (bienenartiges
und später weberknecht an
wange sacht) derb füll
er schreibt: haltestelle tram
fahrt (ein ähnliches eine leer
herrin) fährt zum balkon
immer nach hause wäsche
hängen petersilie she's silly
endlich befremdlich endlich
er striche: »sind die Bahnhöf' als zum Weinen ...«
gerne ist aber nicht an der Seine
das ist die situation.

Erlich <sic!> (bist die wunderbaustelle, qui j'embrasse)

wenn von dei'm lächeln zu schrei'm er sich erlau'm dürft', dürft'
ich: es duftet (vielleicht) ohne anschein'nd galoppfleisch z'ein
es schlüpft an mein'n ohr'n vorbei, zieht die empor, mein
gesicht verzieht sich; grins'n mich andre, raubfischinnen, dürftig

an, bin ich froh, nicht raubfischfleisch zu mögen, durstig sonst
zöge ein hi! aus solch'm hailolli (was?! – er, halt.) und
                                                        fischwürzigem
blödfischkopf, blondschopf, sagen die laien, mir ins reiher-
hirn; alles würde noch gedrechselter, eben eminent usbekisch

(wa-hass?!! – das hat halt grad noch gepasst.) reihenhaushirnlaffen
vermuten im schwarzen meer weniger sonnenfleckennischen, sich
keck dünkend, (bitte in der verlaufsform keine lasagne backen)
als im mittel. kein koffein, kein hölderloin in die backentäschlein

lassend. herab geht würdig das theater, und ich hab kein'n bock
auf die nächste sentenz aus dem qesetztebech.

Einzelner sprüch

Jenny Aal. – Wofür andere lange denken müssen, dafür muss sie nur in der richtigen Stimmung sein.

*

Dudu klagst: hättest dich handgreiflich verletzt an meinem Gesicht.

*

Zeugma her: »Hier geht es heiß und günstig zu!«

*

Crème-de-la-crème dich nicht!

*

Banane ist Hase, ich weiß von Nutz!

*

Es dämmert, man sieht schon die Klebflächen.

*

Den hau ich mir verdient!

du wasserfilterverkäufliches
erzluder herz du tjreude
brei nichts als freibrei, hinta
meiner ohren augen nase mund

klopf mit dem kopf an / uuildu noh
poche den docht an / uuildu noh

bin nicht frei bei dir ich
sage kali messmersíl rollt sich
auf den wassern meiner augen.
meine nichts mit »ä« drin.
aubergine. baum. schläfenschlaf

klopf mit dem kopf an / uuildu noh
poche den docht an / uuildu noh

schreitet deine zunge schritt-für-schritt-schrift
inge, schreitet in mich ein, vorher
schreibe »konstantinge« auf meinen ohrentorbogen
wenn gefällig
beschlossen: »jugendliche dürfen nicht mehr ins spermium«
blechdosen!

kopftest mit dem kopf an / wolltest noch mehr
pochtest den docht an / wolltest noch, merde!

(hintun, 11.7.2009)

warum tränen abwischen; kitzelt
doch. warum keinen kaffee aufs
papier flecken; o trocknung ach
trocknung autobahnrasch
als alles aufschwang auslandslos
locker ächzte. augvoll zittertig
ziegenteig ängstigt wichte wir
waren allein punkte aas in
savannen aufgefüllt mit
stechinsektengeräuschenräuschen
aschfahle clips undippbare wärme
aber fleischschlamassel

                              (elimitate, 12.7. 2009)

I
der besucherin strich ich über den nacken mit einem braven pferd.
als sie mir darauf noch nicht neu genug vorkam, küsste ich ihre
augen mit meinem frosch – sie begann [zu modern].

II
die blumen nach dem frühjahr. erbrechen. schmutzige fenster.
lächelnde screens. klatschende lippen und nachgang der blätter.
bleiche so nette bleiche – ging vor ihr [zu bruch].

III
drei meiner manieren hat sie glasiert. bleiben mir nur meine
sechsunddreißig blasiertheiten. es gibt mehr emoticons. sämige
nämlichkeiten und lappen – könnte was sagen [allzumal].

XX
sie ziemt sich. zimt verstummt mir bereich die stimme. bitteres
darüber. unter den fingernägeln gestade; deine; meine; wir erobern
ein reh. darauf kamen wir nicht – es war [zueinanderhälterei].

XXXVIII
zu gnaden. halten. reis. respighi. obsessive compulsive. zwei
gleichaphoristische zigrettenblättchenpäckchen. eines davon wird
schneller als das and're aufgebraucht sein – soviel steht fest [,du].

XXXIX
getreide, um uns nur getreide. uns gehüpfte, uns gesprungene,
uns fallschirme, fallende helligkeiten. hagelschlag. verschlagene
körner auf beinen. keine krankheit [zuguterletzt].

(zuß, der wimpernknecht, 28.6./12.7.2009)

MEHR AUGENKACKI

Erhobst deine stimme: »Kamst du nicht neulich nachts
als fledermaus als blutabschneider als spätboot
vorbei   deine augen, deine deixis, die in meine nackten
gehörgänge vorgetrieben wurden? Jetzt mal ohne
scheiß.« Wenn, sehr geehrtes wesen, wär's dein geiernäschen
überhaupt nur, in das Kalinderi, Therapia und Neochori
heimkehrten, erbost, deinen federkiel in tünche rühren,
statt in tinte stippen zu sehen. Darauf sagtest du etwa: »Junger
fund, äh, freund, wer fröhliche wissenschaft treibt,
statt wehweh schön zu schreiben, weiß sich zu verwandeln
dich erinnern, riechen, du wirst vorzüglich munden –
kurz.« Jäh und hart und kald darauf war liebe. Er: »Obst
braucht ihr, frisches obst!«, der händler war laut, aber senkte
den preis für die dattelportion (»pflaumen? gibt's nur im
norden, brüderchen!«). »was schreibst du da?«, fragtest
du mich. Du weintest. Weshalb weinst du, kyrie? »Den beginn seh
ich nicht ab, aber das am ende, das: ›passiert. fairer prozess würde
das *e nicht, wenn wer den leuten sagt, sie seien schön.‹« Ja, – und?
»Ich sagte das nie, und bin doch schon so lange alt.«
Kyrie, sei getrost, du bist doch wegen sterbefall entschuldigt. Beim
aufwachen mehr augenkacki von den linsen zu kratzen gehabt.

Ondřej Cikán
Die Gruppe

Gedichte aus New Mexico

1.

Ich schlaf im Sattel ein – du führst mich nicht:
Mein Schecke führt mich.
Warum die Sterne schon das Bett verließen?
Ich kann halt nicht auf jeden schießen.
Von Albuquerque nach El Paso
Ists eine weite Strecke.

2.

Meine Smith and Wesson ist geladen.
Du, verzichte halt auf die Geschichten!
Keiner will doch einem andern schaden.
Nur: Wenn einer draufgeht – ich bin es mitnichten.

3.

In Desertcloud war eine Tränke,
Dort ließ ich mal mein Pferd beschlagen
Und plötzlich musste ich mich fragen,
Was besser sei für rostige Gelenke:
Die Flasche Whisky oder doch
Mal deinen Hintern anzugreifen?
Wie kommt ein solcher Hintern her,
Nach Desertcloud? Ich griff ihn an.
Es hat doch wohl nicht wehgetan?
Und einer hob schon sein Gewehr
Und hatte in der Stirn ein Loch.
Kein Mann will gern durch Blei versteifen.
Die Tränke heute? Steht nicht mehr.

4.

Ich ritt einmal nach Santa Fe,
Die Nutten waren fröhlich, wollten mich bedienen.
Und draußen stieg mein Pferd, ich rief durchs Fenster: Steh!
Die Nutten waren fröhlich, nur: Du warst nicht unter ihnen.

5.

Hast du ein Pferd, glaubst du sofort, dass überall du frei bist.
Und dann hörst du in jeder Stadt, dass da kein Platz für zwei ist.

6.

Was musste der auch so schnell ziehn?
Ich bin schon wieder angeschossen.
Ein Schmerz, für den du dich bedankst ...
Wie Zigarettenasche ...
Ich geh zur Bar und grüß Maureen:
Wer hat die Nacht mit dir genossen?
Was haben all die Leute Angst?
Jetzt gib mir schon die Flasche!

7.

Die Scheine pack ich in den Sack,
Die Füße in die Bügel.
Oh, hätte ich nur Kautabak,
Dem Schecken wüchsen Flügel.
Zwei Tropfen Whisky sind im Schlauch,
Im Hintergrund zwei Hügel.
Oh, Kautabak und Tabakrauch!
In meiner Hand die Zügel.
Und Tabak ist, was ich so brauch,
Wenn ich dich dann verprügel.
Oh, hätte ich nur Kautabak,
Dem Schecken wüchsen Flügel.

8.

Schon sprengen sie das Telegraphenamt,
Die Hüter des Gesetzes.
Warum? Die Indianerfrauen laufen.
Es ist recht heiß, ich würde lieber saufen.
Erkennst du wo ein Tier aus Samt,
Dann hetz es.

9.

Ich brauchte eben wieder Geld,
Ich bracht ihn hin, lebendig.
Nur ist mir immer noch nicht klar,
Wer eigentlich der Sheriff war.
Egal. Wenn wer dir einen Colt am Schädel hält,
Dann wirst du immer wendig.

10.

Ist etwas einst ein bisschen schön,
Hier in der Wüste fällt es.
Im Schädel finsteres Gedröhn …
Die weiße Haut erhellt es.

11.

Wen haben sie wohl ausgelacht?
Ich hab sie alle umgebracht.

12.

Dass ich noch nicht mal zählen kann?
Eine Frau für sieben Mann,
Für sieben Schädel sieben Schuss
Und in der Trommel sind nur sechs.
Woran ich noch erinnern muss:
Passiert mal etwas, merk dir, rächs.
Es reicht von klarer Luft ein Kuss.

13.

Mein Rosesprings hat die Eisenbahn erreicht.
Wer ist der Fremde, der jetzt, bei Nacht, am Bahnhof schleicht?
Vielleicht drück ich halt einfach ab?
Vielleicht besteige ich mein Pferd und haue ab nach Westen!
Die Neuen halten sich halt immer für die Besten.
Verdammt. Ich habe einen Stein im Schuh.
Jetzt liegt der Fremde auf dem Bahnsteig, er schlich mir doch zu lang.
Ich ziehe mir den Schuh aus. Wie wohl dein Weinen immer klang?
In Arizona ist ein Mädchen, das mag mich mehr als du.

Carolin Dabrowski
Gedichte

taggelötet.

I
ein wiesenkraut ists als tapete:
die äste hiesig & sandnagner harz &
eine mähre, grasverschoben

ein schnitter wars, eckern & jalousien
& kalkloses woben
stands brachatmig da

ein wiesenkraut ists & wurzelgewächse
die biegen sich (gerten) &
fassen dich an

II
da wars klammgefaltet:
die kragen, die hemden,
drauf wachsen die flecken (lärchengerahmt)

der zwirn zog sich dicht an &
mengte den kammgarn &
war lochgestärkt

als stuckknöpfe
dann noch am kleiderschrank lagen,
da trug die luft ein wams

& was zu stopfen war,
wurd maßgestickt

III
da wars pfloggerändert:
der abend, der fräst sich und schenkt schenkenfertig
den schutt an den mundsaum

& in magren bärten ists ha! dir begegnet,
das sind die fassagen, die fahndens replik,
die fahnden den liter, das leere abteil

tand, dem laufen die risse aus

I
das sind die gewichte,
die hängen in scheiben, die hängen an seilen
& ächzen ein zahnrad
& heben die fahrstellnen seilschaften an

II
das sind nur der filmspann,
der tonphon, die schamgroßen falten,
die takten, die orgeln,
ein brom das in tassen

III
und stühlernes licht das
& luntrig
& dosen,
die handeln mit lerchen & schleh

IV
ein bündner, ein blechner,
die laugen den brack aus, die lüften
& hängen die knaufnen posaunen
an dafür vorgesehne haken

V
gefärbt: karawellen,
die trägt man sich vor,
ein kegel aus funk, da
vertont das gewinde, gebirgt sich & das

morgensonate

kantges auge[1].
ich gehe haarern & schwer am gesicht
ins lehmbad – paletten aus iris &
tönern der mund, der mault in laumilchen schritten

der tag, der krummt schon &
strickt die haut in krumen[2]
& handverschmiert das brickne zubehör
am losen tubensaum

& was du trägst, das nähst du den nebendrähten aus[3]
& ists der (fieberhurten) schweiß,
dann bleibt noch die stirn & die wangen stehn tief & gut[4]
& die fundenen hände am kamm

---

[1] das trocknet am morgen, das liegt
[2] & in formen die nägel
[3] (schnittmuster)
[4] (doppelknöpfern)

lieder sinds, gebleckte

sie hat alles & den wunden mund:
salznarben, seifenkisten &
strichenes papier –
linksgewendet & verzeichnet

sie hat noch mehr & rohbautne augen:
blumenblusen, möbeliert,
schmale tonwinkel
& diesen weißbandnen hals

nun, sie hat alles: lose zeiten,
malt sich durch mit mattem zürn.
nur sind das pappne scheren
& nur ein schnitt & nur ein lied

sind das die tage,
die wachsen aus brauen:
apfelblüten, stiege, tumb

die wachsen dir nach:
in mottgen suppe, herbgebramtes
& angeln im bassin

& wachsen dir fort:
die erdbeer, vergoren,
dein mund

inventar

du hast gerinsel, hälse, male,
pflöcke, korken, rotgeädert;
was warn das falten, marmorschale
kragen: da lehnt das letzte aus den händen

was warn das hautbeschläge, fingerkuppen,
tagealben, linnentrunken
& dort am mundstück
nicht mehr als deine handvernähten lippen

sommer. ortens.

eins. es liegt wie brillen über der stadt.
grafgeschaftet & gehöft: bräsam ein lidschlag &
verschläge, die gähnen jalousielamellen & morgenfliegen.

gekämmt die felder, zwei. der mohn sämt deine tage ein.
eisenstege, flussgebande & die mündung, die reißt dich tief an.
torenes wars: bleich & äsende mundgespinste.

die farne, das lose gewinde & waschzuber, köpfern,
die liegen am nachmittag unterhölzern.
dein gehen war ein grashalmiges. moosbroschürern war das. drei.

altgewaschen & ich bahre dich, teehäutern.
deine glieder sind getragen:
trägst trocken am simplen gestänge,
an eisen und salz

formverfroren & ich salz dich, fahrig,
wasche mich mit deinem handtuch:
es sind die füße, die ich wasche,
deine knöcheltiefen füße.

lockungen, der uhrenmann

honigmünder alt, becircen
dich in mollig kindertagen.
das macht müde, das lässt sinken,
das lässt milch und zimt dich tragen,

das beschwert die halben beine,
wäscheleinen, strumpfbehost.
wollne, leergetrunkne jahre:
keller, ausgeräumt, bemoost.

wässern // instant fisherman

fahrenheit, molen, die blanke & meer,
finister, das holzbrett &
chiemen & schlieren &
meterlang bergend, das fischwaide tau*

*unterdeck: melichtern,
nässt die pomade & schuhbrämatur* &
grind: du riechst nach kartoffeln* &
riechst liegendkrank

das wasserbad, buchtig & bar bordgewogen
die waage voll fische*, floßmuttern & eisenösen.

untertag: das kammerstück, ledern.
lampenluntrig & harsch deine haut* &
tücher auf so dürren lippen, übergoren.
ein lot nur. aborten.

*ein see, der friert sich zu,
dem mangelts an fischen,
die ahmen die kiemen
an unterständen nur nach*

*& andernwärts gegärbtes
*nach trockenen töpfen

*flohbehangen

Greta Granderath
To go, went, gone.

Vierter Tag

Das Telefon klingelt, A öffnet die Augen und weiß sofort, wo sie ist. Room 1059. Sie hebt den weißen Hörer ab, weil B nicht da ist, um es zu tun, sagt *Thank you*, bevor der Portier etwas sagen kann, legt auf, legt den Kopf wieder aufs Kissen, sieht aus dem Fenster. Hinter dem Fenster der kleine Ausschnitt der großen Stadt, die also immer noch da ist, man gewöhnt sich an alles. Dem Ausschnitt fehlen Grund und Boden, in Weiß gerahmt blitzt er in der Sonne, weit oben. In der Baulücke dreht sich ein Kran ins Himmelblau. No rain today, der Plan geht auf, liegt auf dem Schreibtisch neben dem Bett, an den sich A jetzt setzt, und Häkchen hinter all das setzt, was sie gestern planmäßig getan hat, aber noch nicht abgehakt hat: Dritter Tag – Fähre nach Staten Island, Financial District, Levi's, China Town, Sushi, Little Italy.

Kein Wort von diesem Fremden auf der Fähre, *My name is Mo, hi*, von seiner Frage, mit der zitternden Skyline im Rücken: *Want me to take a picture of you?* Kopfschütteln, ein sachtes Schütteln der Bilder in As Kopf, Erschütterung des Plans, des dritten Tages. Kein Foto von ihr in der Kamera, gestern, kein Beweis, und somit auch kein Häkchen auf dem Papier. Unter dieser Leerstelle, die Mo ist, steht geschrieben: Vierter Tag – Foto im Grünen, MoMa, Club. Das ist der Plan für heute, und die Sonne spielt mit. A hält einen geöffneten Umschlag in den Händen, einen neuen Tag.

B hatte eine Kiste mit Fotos, Tickets, Metro- und Straßenkarten in As Wohnung vergessen, als er die letzten Umzugskartons abholte. Bis dahin wusste A nicht, dass B in New York gewesen war, bis zum Öffnen der Kiste wusste A nicht, wie ähnlich B ihr war, ihr ist, ihr war. Mit dem Öffnen der Kiste entfaltete sich ein Plan vor A, der Plan einer Stadt, der immer mehr an Konturen gewann. A übersah nichts, sie ordnete, in- und auswendig, nach

Daten und Uhrzeiten auf Tickets und Rechnungen, nach der Reihenfolge der Fotos, dem Lichteinfall – sechs Tage ohne A.

Und nun der Inhalt jeden Tages mit in einem Umschlag, den es zu öffnen gilt am Morgen, um B nachzugehen, seinem Weg durch die Stadt. A öffnet den vierten Umschlag, dessen Inhalt sie kennt, und sieht auf die Uhr, noch eine Stunde.

Eine Stunde später verlässt A das unterkühlte Hotel, steht auf dem roten Teppich, sieht auf, zählt sich an der spiegelnden Hotelfassade hinauf, an winzigen Wölkchen entlang, bis zum achtzehnten Stock, hinauf bis zu Room 1059, in dem B geschlafen hat, vor einem Jahr. A versteckt das nasse Haar unter der blauen Schirmmütze, die B ihr geschenkt hat, sie blinzelt zum Himmel hinauf, und jemand stößt mit einem Rollkoffer an ihre Fußspitzen. In ihrer linken Jackentasche das Foto von B, im Licht, belichtet.

B ist nur auf einem einzigen der zweiundvierzig Fotos zu sehen: Er sitzt im Central Park auf einer Bank an einem See, umgeben von Grün, hinter dem Hochhäuser in den Himmel ragen. Bs Blick, gleich sagt er etwas, gerade hat er etwas gesagt, dazwischen: Ein Foto, das A jetzt am Körper trägt. Jemand muss B überredet haben, B hat sich nie fotografieren lassen, auch nicht von A.

A blickt die Straßenschlucht hinab in Richtung Osten, weil Mo nur von dort kommen kann, denkt sie, bis sich eine Hand auf ihre Schulter legt, A sich vom Fluchtpunkt löst und sich herumdreht, westwärts. *Sorry, I'm running late.* Ich auch, denkt A, immer, und blickt in Mos asiatische Augen. *How you doing*, sagt sein Mund. *I'm fine, and you?* Mo lächelt, statt zu antworten.

A macht eine Ansage: Central Park. Mo nickt, und dann gehen sie, gehen nebeneinander im Fluss, uptown, Block für Block, geradeaus sehen, dem Fluchtpunkt entgegen. Die Schritte sind hier klein und schnell, A vergisst den Plan, geht neben Mo, der weiß, wohin in dieser Spiegelung, der sie ansieht von der Seite, der den Blick immer in die richtige Richtung wendet, dem Verkehr entgegen, one way, und dann leise *Go* sagt, nahe an As Ohr, bevor sie die Straße überqueren, immer wieder leise: *Go. You're fast*, sagt A. *I live here*, sagt Mo, verlangsamt nicht. *Where?* Und er sagt: *Here, everywhere*, und öffnet die Arme, als wolle er etwas umarmen oder vermessen, vermessen umarmen. Und dann wird der Fluchtpunkt grün, das Ende der Straße noch weit entfernt, ein Grün, auf das sie zulaufen, das sich ausdehnt, bis sie selber im Fluchtpunkt stehen, am Rand des grünen Rechtecks, und die Straße ein Ende hat und die Spiegelung ein Ende hat und der Fluss sich verzweigt. *Here we are, sun is shining. Yes*, sagt A, *yes.*

Sie betreten den Central Park und sind raus aus der Stadt, die in den Hintergrund gerät, die hinter den Bäumen ins Blau ragt, hinter den Blättern, durch die Licht fällt, die zittern, die beginnen sich zu verfärben, schüchtern zu fallen, langsames Segeln, den Menschen entgegen, oder aufwärts, im Wind. A denkt: Slow motion, slow. Nur die Jogger verlangsamen nicht, haben Musik im Ohr, iPods leuchten an ihren nackten Armen, sie laufen, laufen, laufen, hechelnde Hunde folgen ihnen. A sagt: *Imagine they would all listen to the same song.* Mo lacht und setzt sich auf eine Bank und schließt die Augen, zwei Linien, wimpernlos. A setzt sich neben ihn und behält die Augen offen. Auf der Wiese rennen Kinder in pastellfarbenen Kleidern, unter einem Baum stehen schwarze Nannys und rauchen, rufen: *Alistair! Roma! Slow down, watch out, slow down!* Aber die Kinder rennen und stürzen und rennen, und die Nannys rauchen. Weit entfernt ragen glatte Granitfelsen aus dem Grün, im Schatten räumt eine Gestalt ihren Schlafplatz in einen Rucksack. Mädchen in Schuluniformen posieren vor einem Springbrunnen, schieben die Hüfte vor und greifen sich ins Haar. Ein paar Hip-Hopper in Weiß rufen ihnen etwas zu, können vor lauter Männlichkeit kaum gehen. A schaut und legt die Hand auf ihre linke Jackentasche, auf das Foto von B unter dem Stoff, warm, an As Bauch, belichtet. Slow, denkt sie immer wieder, slow, ich muss diese Parkbank finden, eine von neuntausend. Also Mo antippen, an der Schulter, zaghaft mit den Fingerspitzen, wie B es nicht ausstehen konnte. Mo öffnet die Augen, die schwarz sind, obwohl A immer dachte, schwarze Augen gebe es nicht. A steht auf, *Go* sagt diesmal sie, leise an Mos Ohr. Also weitergehen, auf den Wegen, im verlangsamten Fluss, der sich windet. Hier hat die Logik der rechten Winkel ein Ende, die Zahlen, die Blocks, das up and down, die Gradlinigkeit. Bald schon weiß A nicht mehr, wo sie sich befindet, aber sie schaut nicht auf den Stadtplan, sie geht. *A lake, a bench*, sagt sie und ihre rechte Hand liegt auf dem Jackenstoff, auf dem Foto darunter. Und ihre linke Hand hängt in der Luft, neben Mos Hand, der sie ansieht, sagt: *Okay, a lake, a bench, we'll see.*

A weiß: Es gibt vier Seen, vier blaue Flecken im Grün, im Stadtplan, in dem grünen Rechteck, in dem CENTRAL PARK geschrieben steht, von Süden nach Norden. Grüne Lunge, sagt der Reiseführer aus Bs Kiste, und A atmet tatsächlich kurz auf, atmet ein, es riecht nach feuchtem Laub, es riecht nicht länger nach Subway und Hotdog und Menschen. A hat gelesen: Verlassen Sie das Parkgelände bei Einbruch der Dunkelheit, bleiben Sie im südlichen Teil des Parks, halten Sie sich auf den viel begangenen Wegen, meiden sie lauschige, einsame Ecken. Aber A geht neben Mo Richtung Norden, dem See entgegen, in dem THE LAKE steht, dunkelblau auf hellblau, im Stadtplan. A weiß: Das Grün hat eine Fläche von 340 Hektar, und in dieser Fläche, sich windend: 92 Kilometer Weg. A weiß nicht: Auf welcher Bank saß B, an welchem See, und wie lang, in welchem Winkel stand die Sonne, was ist eine lauschige Ecke, wer ist die Frau, die B fotografieren durfte, woher kommt sie und wohin, was hat B gesagt kurz vor oder nach dem Drücken des Auslösers, der Belichtung, dem zugekniffenen linken Auge der Frau.

Mos Mund pfeift, heller als die Vögel, Musik aus einem Handy, das sich ein Junge unter die Basecap geklemmt hat, aufs Ohr. Auf einem Mosaik liegen Plastikblumen, IMAGINE heißt das Mosaik, voller Kerzen und Stofftiere, und Mo kneift die Augen ein wenig zusammen, sodass nur das Schwarz in ihnen übrig bleibt, dann hört sein Mund auf zu pfeifen, sagt: *What are you looking for?* A sagt: *A Photo*, nicht irgendeins. Also weitergehen, neben Mo, bis sich das Grün verdoppelt, die Spiegelung wieder beginnt, in einem See. Bs Reiseführer sagt: Angelutensilien sind entleihbar, gefangene Fische bitte sofort wieder ins Wasser befördern. *Here we are*, sagt Mo, *a lake, a bench*. Aber ob A wirklich da ist, ist noch nicht entschieden, sie hat nur ein Foto frei, ein einziges. *Turn around,* sagt sie, wie man es zu jemandem sagt, der einen nicht nackt sehen soll. Mo dreht sich um, A öffnet den Reißverschluss der linken Jackentasche, zieht das warme Foto heraus, für das sie ein Jahr Zeit hatte, das schon ganz in ihr aufgegangen ist, das bis ins kleinste Detail bemessen ist, und trotzdem: Foto und Blickfeld müssen abgeglichen werden. *Go,* sagt A, *don't turn around,* und Mo geht vor ihr her ohne sich umzudrehen, *go around the lake*, sagt A und hält das Foto in der Hand, wie einen Kompass. Sie gehen am Ufer der Spiegelung, die ganz still hält zwischen den Spaziergängern und Touristen, an jeder Bank sagt A leise *Stop*, hält das Foto ins Licht, sagt dann *Go*, weil sie noch nicht da ist, Bs Standpunkt noch nicht erreicht ist. Sie haben den See umrundet, A steckt das Foto wieder ein: *Okay, turn around.* Mo dreht sich um, sieht sie an, seine Augen auf der Höhe ihrer Augen, dicht steht er vor ihr, atmet, fragt: *What are you looking for?* A atmet ein, A atmet aus, ihre Hand zieht das Foto wieder aus der Tasche, hält es zwischen ihr Gesicht und Mos Gesicht, mit der belichteten Seite zu ihm, es zittert, der Atem oder As Hand. Sie will gegen etwas schlagen, etwas, das nicht nachgibt, sie will das Foto nicht preisgeben, aber ihre Hand hat entschieden. Mo tritt einen Schritt zurück, A sieht sein Gesicht nicht, sieht nur Weiß, die Rückseite, vor ihren Augen tanzt der Schriftzug PREMIUM PAPIER, die Hand hält das Foto weiterhin dicht vor ihr Gesicht. A denkt: Falsch, es soll spontan sein, falsch, das war nicht der Plan. *Who's that guy?*, sagt die Stimme hinter dem Weiß, A versteht nicht. *Who's that guy, your boyfriend?*, fragt das Weiß und A antwortet nicht, ihr Mund sagt: *He's my brother, he's dead.* Und dann hat ihr Arm die Kraft, das Foto sinken zu lassen und ihre Augen haben die Kraft, wieder mehr zu sehen als Weiß, zum Beispiel Grün und Mos Mund, der plötzlich ein wenig amerikanischer ist, sagt: *I'm sorry*, sagen seine Augen, und A weiß nicht, warum.

A dreht sich um, das Foto in der Hand, macht einen Schritt, *Go* sagt sie sich ins Ohr, das war nicht der Plan. Mos Stimme in ihrem Nacken sagt: *I know where the photo has been taken, isn't far from here.* Und das bringt A zum Stillstand, schon nach einem Schritt, und sie denkt: Mos Blick ist schneller als meiner. A dreht sich also wieder herum, denkt slow, sagt: *Okay, go.* Und Mo sieht sie an, bevor er losgeht, ohne Go zu sagen, A folgt ihm. Plötzlich ist da die graue Straße aus dem Stadtplan, breit und geschwungen, die Straße heißt West Drive oder 79th Street. Gelbe Taxen, die keine Zeit haben den Park zu umfahren, gleiten dicht an ihnen vorbei. Dann nimmt das Rauschen wieder ab und das Rascheln nimmt zu, das Rascheln der Blätter, das Zittern, As Hand auf dem Jackenstoff, auf dem Foto, auf Bs Gesicht, das ihrem nicht ähnlich sieht, wie das eines Bruders, den sie nicht hat, A hat ein einzelnes Gesicht, wie B. Und dann verlangsamen sich Mos Schritte, er dreht sich nicht um, öffnet die Arme, vermessen. Und A sieht wieder Wasser, und dahinter Bäume und Häuser, die ins Blau ragen, Häuser, die sie in- und auswendig kennt, by heart, denkt sie immer wieder. Ein Blau wie ein Wiedersehen und Bäume, ein Jahr älter, und endlich: die Bank, nicht irgendeine. Da ist A plötzlich da, ist in dem Foto, im Licht, ist an Bs Standpunkt angelangt, schneller als sie dachte. Sie sieht aufs Wasser, atmet, *I want you to take a picture of me*, sagt sie, in- und auswendig, atmet, und setzt sich an den richtigen Platz. Mo öffnet seine Hände, in seine rechte Hand legt A die Kamera, in seine linke Hand legt A das Foto, slow, denkt sie, aber zu spät, denn Mo geht schon rückwärts, hält das zitternde Foto in die Luft, sagt: *You want perfection, don't you?* Aber A kann nicht einmal mehr nicken, sie kann sich nur langsam vorschieben, bis sie auf der Kante der Bank sitzt, mit dem Oberkörper nach vorne kippen, slow motion, die Unterarme auf den Oberschenkeln abstützen, die Beine etwas weiter auseinander schieben, die Hände dazwischen in der Luft hängen lassen, wie ein müder Sportler, wie B. A kann sich nur in Bs Haltung schieben, in seinen Körper vor einem Jahr, und dabei Mo ansehen, der vor ihr auf der Wiese steht, die Kamera vors Auge hebt und senkt und hebt und senkt, sein Blickfeld immer wieder mit dem Foto abgleicht und ruft: *I'm sorry, I'm too short, it won't be perfect, I'll try my best, but I'm too short.* Mo ist also kleiner als die Amerikanerin hinter Bs Kamera, denkt A, und ihr Mund steht jetzt etwas offen, als wolle sie gleich etwas sagen, als hätte sie gerade etwas gesagt, aber aus ihrem Mund kommt nur warme Luft, ihre Beine zittern, aber das wird man nicht sehen, was man sehen wird, ist ihr Blick, der denkt: Mo, hinter der Linse, schau hin, denk an ihn, denk nicht an B, dann geht der Plan auf, ich gehe auf, in diesem Bild, ich werde belichtet. *Lift your chin, more, more, stop, a little bit to the right*, ruft Mo und dann: *Perfect!* Und A sieht in die Linse, in Mos Auge dahinter, durch die Amerikanerin ohne Gesicht hindurch, ins Schwarze. Und Mo drückt ab, und A denkt: Yes! Und Mo dreht den Film weiter, A atmet ein, atmet aus, Mo senkt die Kamera nicht, drückt wieder ab. Stop, will A rufen, aber da dreht der Film schon weiter, und es macht wieder Klack, und aus As Mund kommt noch immer nur warme Luft. Und Mo dreht weiter und drückt ab und hält drauf und geht weiter auf A zu, der es schwindelt, die von innen verwackelt, die zittert. Und Mo geht. Und dreht weiter. Und drückt ab. Und steht vor ihr. Und hält drauf, auf As Gesicht: Close up, close up, close up, close up. Ende des Films.

Ende, denkt A, Ende der Perfektion, Ende. Und löst sich nur langsam aus Bs Haltung, slow, lässt sich fallen mit dem Rücken gegen die Lehne der Bank, und ihr Mund steht immer noch offen zum Himmelblau, dem sie das Gesicht entgegenhält, close up, und aus As Mund kommt nicht länger nur warme Luft, sondern: ein Lachen. Aus As Bauch steigt ein Lachen, aus As Bauch, der sich nach Weinen anfühlt, ein Lachen, als wäre es das erste und es ist das erste, mit Mo, der vor A steht, der ihr die blaue Schirmmütze abnimmt, sie sich aufsetzt und sein blitzender Mund sagt: *Perfect.*

(...)

Alexander Gumz

Gedichte

ENG UMZÄUNTES GRÜN

das ende unseres verlangens: hochgezogene augenbrauen
vor einem reihenhaus.

so viele chancen bekommt hier niemand:
der rasen unter unseren füßen wird dreimal verkauft,

einmal an den schlächter aus dem oberdorf, zweimal
an enkel in der umgehungsstraße.

hol dein kleid aus dem schrank, das enge,
und tanz mit mir im pool.

wir werden nie mehr den neun-uhr-bus nehmen.
wir werden uns an alles nur erinnern, als es klein war:

vor den crashs, den löchern im zaun, dem rost in der hand.

hast du den herd in der küche angelassen?
oder was ist das für ein geruch?

KÜHLE ENTWICKLUNGEN

als nadelträger sehen wir im dünnen licht ganz anders aus.
wie beschissen, dass wir so schief hingerichtet wurden,

dass wir wirklich garnichts rückwärts können. dass jeder gewinn
nur neue peinlichkeiten bringt.

an den fingern bleibt kaum etwas kleben. was wir abends vom parkett
in unsere taschen sammeln, klickt, wenn es allein ist, als nähzeug vor sich hin.

tagesanbruch: überdreht, beeindruckend, aber ohne zuversicht.
auf den fensterscheiben: eis. unsere gedanken

sind bekloppte interieurs: welchen geheimdiensten sollen wir
noch trauen? wie viele akten hinterm rücken verstecken?

wir kriegen ja nicht mal was uns selbst gehört
an der garderobe abgegeben.

ZAHLTAG UNTER WASSER

warum geht etwas nicht verloren,
wenn es zerbricht? es bleibt: ein klumpen schuld.

seine einzelteile spielen in der badewanne
miteinander. wellen schlagen über die scheitel

einfacher soldaten. lautes fluchen. dann ein echo,
ziemlich hilflos, von bug zu bug.

rationen kürzen soll in solchen fällen
wunder wirken, heißt es auf der brücke.

muss man so was glauben? an wen denkt der maat,
wenn der schaum in sich zusammenfällt?

die luft wird knapp. wird wieder wasser.

ZEITWEISE EIN SEICHTER SEE

oder ein anderer ort, an dem wir vergraben haben, wer uns
das wasser reichen könnte. wieder so eine sportart ohne anstand,

ohne tschüss zu sagen. versuche, vertraute dinge loszulassen, begleiten wir
mit flüchen. wir hassen es, wenn die postboten an spiegelgassen denken.

oder an saloons. vor ihren augen flackern energiepunkte: kleine, nasse luftschlangen.
hinter uns schlafen leuchtreklamen. telefone mit ausgerissenen hörern.

als die bilder, die man von uns kaufen konnte, noch unscharf waren,
haben wir am ufer die gesten der taucher nachgeahmt.

heute fragen wir einander: wer wirft eigentlich die kiesel, die uns
die ganze zeit am kopf treffen?

und wo sind all die farmer hin, die hier wohnten, bis sie im sand
den ersten finger fanden?

3 AM: DRUNK, HEARTBROKEN AND HORNY

das seltsame an unseren spielen: die regeln.
das bekannte: der ausgang. wer mitmacht,
an welchem ufer man am ende sitzt.

lass uns mit kreide auf den tafeln
in unseren jackentaschen notieren: *ich war dumm,
aber etwas in mir hatte recht.* und zieht vor.

hol nochmal ratschläge ein: die reihe rum
vom bauern, dem könig, der dame, dem turm.
alle wissen was anderes vom geschlagenwerden.

keiner verrät, wie lang es dauert bis sich seine narben
öffnen. die haut des schachbretts
schlägt wellen.

(dank an christian hawkey)

DAUERNDER STRATEGIEWECHSEL

ist keine lösung, sagst du. deine fleckigen hände
halten eine teetasse in den jubel der regenfälle.
hinter unseren rücken hupen staatsanleihen.

vor dem nicht endenden schrillen dieser sicherheit
versuchen wir was anderes. lassen es
gleich wieder bleiben. tut ähnlich weh. wir lachen.

wie selten wir einander antwort geben. die gebäude
drücken auf unsere nerven. *ich sag: verstehst du
was ich meine?* der tanz der fahrer

unter unseren blicken geht weiter.

KREDITE ODER

ihre eindeutigkeit als fluch: wie strafverfahren
gegen straßenecken, die uns in der kälte stehen lassen.

welche versicherungen, fragst du, werden wir geschenkt
   bekommen,
wenn die zinsen über den köpfen unserer eltern ins halbdunkel
   rutschen?

reden wir von einer bank oder einem waisenhaus? plastiktüren
öffnen sich. ist nicht jeder schritt durch sie hindurch ein intervall

aus krisen und dem verlangen, die innenseite unserer hände
nackt zu sehen? so nackt, dass nichts zurückzuzahlen bleibt?

TO THE WILDERNESS

wir kleben uns die augen zu. tasten im dunkeln
über handgelenke. lauschen ihrem knacken.

angebote schlagen gegen unsere ohren: *sei ein dummer prinz.*
hol die pillen aus der tasche. geh nie wieder weg.

hinter uns hasten tiere übers parkett. jugendlieben dröhnen,
wenn sie aus dem fotoalbum rutschen, auf den boden schlagen.

blutspuren am fenster. mitten im wald, zwischen zwei hügeln,
steht ein taxi. wir sehen: vor der windschutzscheibe

pulsiert das licht. auf der rückbank klicken kilometerzahlen
aneinander. wir strecken uns. biegen die finger durch.

nennen einen preis.

(zu fotos von gregory crewdson)

FREEDOM OF SPEECH

die ranken der feuerleitern: da träumst du von. wie wir
immer weiter an den rand der stadt gefahren werden.

ganze landstriche bleiben kahl zurück. übergänge sind
auf unseren karten nicht verzeichnet. die regenzeit bricht an.

wir werden von unsichtbaren pranken in ein zugabteil gehoben.
sieh zu, wie du da wieder rauskommst. knöpfe prasseln aufs dach.

die wartehallen dröhnen. wir reiben unsere zunge am gaumen,
versuchen, einmal im leben nach dem weg zu fragen.

was haben wir erwartet? dass die gleise blühen?

THE SOUNDTRACK TO MEIN HERZ

ist das meer, natürlich. eine abfolge von irrfahrten.
wissen die krebse, wer sie über den boden schleift?

vielleicht ist es ihnen egal. wie ihren scheren egal ist,
wer sich an ihnen schneidet. dumme sache das.

wie zu behaupten, dass die fenster früher,
wenn wir nicht hinschauten, kinder bekamen.

daher die vielen paläste, daher die wolkenkratzer
an der küste. ist es das, was im sommer

zwischen unsern händen zu rauschen beginnt?
wenn die luft sie kitzelt, öffnen sie sich:

ein zucken und knirschen. *mein herz*
ist der song, den wir hören, wenn wir ratlos

auf dem meeresboden liegen. wir haben vergessen,
wie man die brandung abstellt.

DER KERL IM FLUGANZUG

fürchtet seine ziele: es ist nicht klar, wer ihn auffängt.
wenn er springt. und wer hebt seine augenbrauen?

brückenköpfe verschwinden vor ihm im nebel. irgendwo
hängt, wie eine nadel, ein scheinwerfer.

das rauschen von faustschlägen klebt ihm am ohr,
schert sich nicht um die dichte seiner hände.

wer zum flug ansetzt, hört er, muss wissen,
dass ihn der wind vergessen kann.

auch gebäude haben nur ein kurzes leben.
wenn die wolken über ihnen kein zuhause finden

leuchten sie rot auf. bloß überwachungskameras
schauen dann noch zu. nenn es schicksal,

nenn es schwerkraft: seine flügel werden heute
abgeschaltet. aber keine angst:

er trägt seinen sprachverzerrer immer bei sich.
er codiert selbst, was ihn erlöst.

ANS UNGELESENE

nach der krise bleiben nur lücken in der luft: beschüsse
mit buchstaben. das rattern stämmiger maschinen.

ein druckhaus steht im abendlicht: verrat an upper class
und vorstadtstraßen.

nur noch wenige umkämpfte blocks, hört man. zu viele geländer
aus gelee. immobilienkredite nehmen uns bei der hand:

nichts, meine herren, spricht noch rückwärts mit uns.
nichts wird am morgen dementiert.

wir lehnen am mikrophon, verschlucken alle versprechen,
die sie uns auf dem hinflug gaben.

wir entziffern das kleingedruckte an der wand. hören den kursen
beim fallen zu.

Vea Kaiser
Segel auf Butterfly

Wir dachten ja, die Großeltern würden uns überleben und dann überlebte ausgerechnet das Boot die Großeltern. Ich stehe vor der pinken Backbordseite. Die Sonne brennt auf meinen Scheitel, eine urst blöde Gradwanderung zwischen Bräune und Hautkrebs. Ich setze mich aufs Vordeck, während mein Bruder die Takelage befestigt und das Vorsegel aufzieht. »Ich werde aber nicht mit dir reden, geschweige denn dich anschauen«, sagt er. Das Boot gleitet an Tauen über die Rampe ins Wasser, während es in meinem Kopf summt, dass diese Tour ziemlich schlecht anfängt.

Mein Bruder hat nicht damit gerechnet, dass ich nach allem, was passiert ist, wirklich komme. Ich dachte auch nicht, dass wir nochmals in einem Boot sitzen, aber im Prinzip sind wir beide alleine. Die Großeltern hatten schon recht mit der Idee eines Segelbootes für uns. Auch wenn das eine Rod-Stewart-beeinflusste-Pensionistenliebesnachtentscheidung war, triefend vor »I am sailing«-Romantik.

Der Bruder lässt das Ruderblatt hinab. Es schneidet ins Wasser und er guckt mit starrem Blick an mir vorbei. Dann löst er den Cunningham am Haltetau, drückt die Pinne scharf von sich, und steuert den Bug aufs offene Wasser.

Wir dachten immer, unsere Großeltern wären unkaputtbar, bis wir vor den mit Gipfelkreuzen dekorierten Särgen standen. Wir hielten die rüstigen Rentner für so beständig wie den Großglockner, den sie erklommen, während die Omas und Opas unserer Freunde und Freundinnen im Lift zu Blut-Lungen- und Stuhluntersuchungen emporgebracht wurden. »Karma« in der Großelternsprache.

Die Unsterblichkeit attestierten wir ihnen am ersten Juni 2009. Mein Bruder, Ina und ich schleckten Eis auf der Wohnzimmercouch, bis der Newsflash vom Absturz des Airbus 330 berichtete. Ina japste auf, mein Bruder nahm sie in seine Handwerkerarme, um ihr die im Atlantik treibenden Rumpfteile der großelterlichen

Heimflugmaschine zu ersparen. »Schau nicht hin«, sagte er und mir wurde wieder bewusst, dass Ina die Großeltern am liebsten hatte, obwohl wir die genetischen Enkel waren. Bruderherz drückte sie an seine Zimmermannsbrust, ich schrubbte das zerflossene Eis aus dem Teppich. Ihre Tränen rutschten über die glatten Beine, frisch rasiert von ihrem pflaumenfarbenen Apparat. Ich brachte das Aufwischwasser hinaus und als ich wiederkam, telefonierte Ina mit den Großeltern, die eine spätere Maschine genommen hatten, um nach der letzten Sambatanzstunde noch Fragen zu einigen Figuren loszuwerden. Ina schluchzte wieder, diesmal aus Freude und wir umarmten uns alle drei auf einmal.

Bis am zweiten Juni mein Bruder sturmläutete. Ich lag noch im Bett, also fischte er den Ersatzschlüssel vom Türrahmen, schloss auf, sauste in mein Schlafzimmer, und erzählte mit rotem Gesicht, dass die Großeltern auf dem Weg vom Flughafen nachhause frontal von einem ungarischen Laster erwischt worden seien. Totalschaden an Auto und Großeltern. Und rannte mit lautem Türknall davon.

Unsere Großeltern jedenfalls waren vom Typus Händchen-haltend-, sich-Kosenamen-gebend-, Einander-mit-Eis-fütternd-widerlich. Die Welt der Großeltern war ein Rummelplatz. Sie schoben einander karamellisiertes Popcorn zwischen die Dritten und knutschten so heftig im Loveboat, dass weißes Haar wild zerzaust in alle Richtungen peilte.

Richtig cool fanden wir das nie, sondern enttarnten im Rummelplatz Großeltern eine Geisterbahn. Wir waren zwei Emokids, lang bevor Emo erfunden wurde, und unsere Eltern waren ein Kriegsfeld. Zwischen zerbombtem Geschirr konnte aus uns nichts anderes werden. Und als wir mit acht (ich) und elf (Bruder) eines Tages vom bunt bemalten VW-Bus der Großeltern ins Land der Traumfänger und Windspiele mitgenommen wurden, war es wahrscheinlich schon zu spät für Love, Peace and Nature. Nur die spätere Freundin meines Bruders, Ina, sprang auf die Sonnenblumenmasche auf. Inas blonde Locken hatten das Hippie-Gen.

Dass wir verweigerten Folksongs zu singen, akzeptierten die Großeltern. Aber dass wir in der Pubertät nicht miteinander reden, geschweige denn zu seltenen Mammutbäumen wandern wollten, akzeptierten sie nicht. Wir Scheidungskinder hielten eigentlich gut zusammen, aber als ich mit vierzehn seinen besten Freund kennenlernte, eskalierten wir. Er beschuldigte mich des »Freundediebstahls«, und ich war sauer, weil ich von ihm eine Vorwarnung erwartet hätte, dass sein bester Freund Mädchen nach der Entjungferung gerne stehen lässt. Meist sogar noch blutig.

Also stand eines Tages das Boot im Garten. Ein Sportboot, leicht, wendig und kein Platz sich aus dem Weg zu gehen. Wer nicht zusammen anpackt, kentert. Am Rumpf klebten zig eingetrocknete Farbtropfen. Die Großeltern hatten eine Seite blau und eine pink angepinselt, als Zeichen der Verbindung und dass es beiden gehörte. Noch bevor wir schreien konnten, entlud uns der VW-Bus am Neusiedlersee, in signalorangen Schwimmwesten verpackt, in die Obhut eines Segellehrers, der meinem Bruder beibrachte, wie er das Ding steuern musste und mir langsam und deutlich erklärte, dass ich nur das tun dürfe, was mein Bruder (als Steuermann), mir (der Vorschoterin) sagte. An diesem Abend vertrugen wir uns wieder, tranken Bier und einigten uns darauf, dass der Segellehrer ein Depp war.

Wir kreuzen gegen den Wind, damit wir nachher mit Rückenwind in den Hafen schwippern können. Der Bruder schaut nicht annähernd zu mir. Ich sitze im Rumpf, den Kopf an die Reling gelehnt, er schaut auf Wind und Wasser. Vielleicht auch auf Wolken. Er sucht nach Stürmen und Böen. Ina suchte immer nach Schafen und Hasen und einmal entdeckten wir Mini Maus, als wir in einer Wiese lagen und Wassermelonenbällchen formten. Wir steuern auf ein liegendes Motorboot zu. Der Bruder sucht nach dem optimalen Kurs, kurz vor dem Motorboot wendet er, aber ich sehe noch, wie sich ein Schlabberpenis und eine Packung Silikonbrüste am Heck rundum rösten. Ich lache auf. »Der alte Perversling war ja wieder mal der perfekte Beweis, dass die Schwerkraft ein Arschloch ist. Dem ist wohl im Lauf der Gezeiten die gesamte Penishaut so nach unten gerutscht, dass der jetzt keine Eichel, sondern eine Fleischtomate dranhängen hat.« Ich pruste heraus und warte, dass mein Bruder zumindest ein wenig die Mundmuskeln verzieht, aber er rührt sich nicht. »Nur weil das Einzige, was du mit Reinstecken verbindest, deine eigene Zunge ist, musst du Männer nicht andauernd runtermachen.« Er sagt das ganz kühl und ruhig, zieht die Großschot fest und ich hab das Gefühl, den Baum zwischen die Zähne geknallt zu bekommen. Ich ziehe meine Beine an den Bauch und will irgendwas Gehässiges kontern, aber mir fällt nichts ein. Keiner sagt was, nur die Segel plaudern miteinander.

Als wir eine Regatta gewonnen hatten, kam Ina das erste Mal an Bord, um die Siegerrunde mitzusegeln. Ich hatte sie zuvor nur aus Erzählungen gekannt, seine ultimative Traumfrau, zerbrechlich, lieb und heiter. »Was für ein Pupperl«, flüsterte ich ihm zu, während sie mit Schwimmweste an Bord stieg und er einen roten Kopf bekam, weil sie ihm Wasserspritzer von der Wange wischte. Ina redete die ganze Zeit, kommentierte jede Welle, gab den Fischen Namen und grüßte die Möwen mit »Ahoi«. Anfangs kam sie mir lächerlich vor, too much wie unsere Großeltern in jung, aber es war ein warmes Gefühl, zu sehen wie sie sich freute, wenn man ihr erklärte, wie all die verschiedenen Dinge am Boot hießen. »Das Vorstag sichert den Mast zum Bug hin ab. Mit Stagreitern ist das Vorsegel daran befestigt, das Vorsegel heißt auch Fock. Das Tau, das die Fock mit dem Mast verbindet, heißt Fockfall, und das Tau, mit dem die Fock dicht geholt oder aufgefiert wird, heißt Fockschot«, erklärte ich Ina, weil mein Bruder genervt war vom vielen Reden. Er konzentrierte sich, uns nicht kentern zu lassen, damit sein Pupperl nicht nass wurde.

Mein Bruder hantiert am Ausleger der Pinne und fünf Schoten gleichzeitig herum. »Soll ich mal ans Steuer?«, frage ich kleinlaut und wusle mit meinen Fingern an der Want herum. »Lass mich. Ich hab keine Lust auf Patenthalsen«, sagt er bitter und montiert einen Sicherungsbügel. »Sorry«, sage ich. Er brummt störrisch und hantiert grob mit einer schwarzen und einer blauen Schot, als ob er sie bestrafen wollte.

Die letzte Patenthalse passierte beim Sonnwendfeuersegeln mit Ina. Sie wollte unbedingt ans Steuer und wir ließen sie, weil sie unendlich tiefe Grübchen bekam, wenn sie sich freute. Ina war viel zu legasthenisch, konnte es nicht auseinanderhalten, in welche Richtung sie die Pinne drücken musste, wenn es hieß »anluven«, und in welche wenn »abfallen«. Woher der Wind weht, war auch nie ihre Stärke. Mein Bruder saß auf dem Vordeck, gab Kommandos. »Luv an! Ina, luv an!« Und Ina fiel ab. Der Bruder sah am gekräuselten Wasser die Böe kommen. »Anluven Ina! Verdammt! Ina!« Er schrie, wurde hektisch, hatte Angst sie würde uns gleich zum Kentern bringen, nass werden und plötzlich sprang er auf. »Anluven!«, schrie er, hastete durch den Rumpf, um Ina das Steuer zu entreißen, aber just in dem Moment, da kam die Böe. Der Wind wölbte das Vorsegel, die Schot ratterte durch und schürfte meine Haut auf. Der Großbaum wurde mit Wucht von steuerbord nach backbord gedrückt, eine perfekte Patenthalse. Bevor irgendwer schreien konnte, erwischte der Großbaum den Bruder frontal und nahm ihn mit nach backbord. Er pendelte sich ein, aber der Bruder landete mit einem lauten Klatsch im Wasser. Ina und ich waren geschockt, blickten ihm nach, wie er inmitten von Blubberblasen wieder auftauchte, Luft schnappte und das lauteste »Scheiße« ever brüllte. Ina wurde ganz hysterisch.

»Oh nein!«, kreischte sie, und augenblicklich rollten Tränen über ihre Pfirsichwangen. Ich begann zu lachen. »Halb so tragisch«, sagte ich und nahm sie in den Arm. Ich hielt sie nur kurz, bevor wir wendeten und zur Rettung segelten, aber es war überaus intensiv, ihre kleinen harten Brustwarzen auf meinen zu spüren und ihren Kirschgeruch in der Nase zu haben. Es dauerte etwas, bis wir den Bruder an Bord hievten, weil wir gegen den Wind segeln mussten. Anfangs machte sich Ina Sorgen, ich beruhigte sie. »Der Am-Wind-Kurs braucht Zeit. Beim Segeln kannst du nicht gegen den Wind steuern. Du musst deinen Segeln lauschen und ausloten, wie hart du am Wind fahren kannst. Wenn nicht, musst du eben auf Kreuzkurs gehen.« Gemeinsam zurrten wir die Segel fest und schossen vor dem Bruder die Segel in den Wind. Sprachlos ließ er sich ans Ufer setzen, wo er sofort duschen ging und den Inhalt seiner Geldbörse mit Wäschekluppen an einer Leine aufhängte. Ich hatte es genossen mit ihr allein zu sein, sie ungestört anzusehen, wenn auch unter dem Vorwand die Segelstellung zu kontrollieren. Immer wieder berührten sich unsere Arme, wenn ich ihr half, das Segel mehr dichtzuholen – und ein Stich durchfuhr mich, als ich über sie greifen musste, um den Fockspanner nachzuziehen und meine losen Brüste kurz auf ihren Oberschenkeln auflagen.

Ich würde dem Bruder gerne sagen, dass es mir leidtut. Aber seit dem Tod der Großeltern, seit er meine Wohnung mit dem Ersatzschlüssel aufgesperrt hat, um mir zu sagen, dass sie nicht mehr sind, seit er in mein Schlafzimmer kam, wo Inas Kopf auf meiner Schulter lag und ich ihr Höschen auf dem Kopf trug, – seitdem hab ich schon so oft tut mir leid gesagt, dass es mir schon leidtut, tut mir leid zu sagen. Er kontrolliert die Segelstände. Die babyblauen Windrichtungsfädchen pendeln parallel im Wind, wir fahren schnell, hin und wieder spritzt ein Tropfen See an meine Wange. Der Wind drückt gegen die Segel, das Boot liegt schräg, die wasserzugewandte Seite streift fast die Oberfläche, einige kecke Wellen schwappen herein. Ich klammere mich an Want und Reling fest, der Bruder hat sich schon über die Reling mit dem Rücken ganz weit nach hinten gelehnt und ist das Gegengewicht, das die Segel davon abhält das Wasser zu streicheln. Wenn das der Segellehrer sehen könnte, der würde nicht glauben, wie viel Vertrauen ich Vorschoterin aufbringen kann, die ich anfangs bei jeder kleinen Schräglage kreischte. Ich denke daran, wie mein Bruder nach der letzten Segelstunde dem braungebrannten Lehrer zwei seiner strahlend weißen Zähne ausschlug, weil er mir an den Hintern gefasst hatte. Damals hatte er denselben sicheren Blick wie jetzt, wenn er auf den Hurricane am Mast schaut, um zu prüfen woher der Wind kommt. Wobei, das tut er nur pro forma, er spürt Windrichtung und Stärke nämlich mit den Ohrenspitzen.

Manchmal hatte ich ein schlechtes Gewissen. In solchen Momenten ging ich ins Badezimmer, dann war alles wieder gut. Inas Rasierapparat war pflaumenfarben, meiner knallpink. Ihre Zahnbürste pastellrosa, meine magentafarben. Zusammen hatten wir die ganze Farbpalette Mädchencouleurs abgedeckt, und keine einzige doppelt, wir ergänzten uns. Ina mochte es gern, mir mit ihrer in zartrosa Gummi eingelassenen Pinzette im Gesicht herumzuhantieren. Augenbrauen zupfen, Mitesser ausdrücken, sie fand solche Sachen lustig und ich fand es toll ihr dabei zuzusehen, wie sie frontal vor mir Dinge an mir tat. Ich konnte ihr lange in die Augen schauen, ohne dass sie es merkte, weil sie mit ihren Pupillen meine Brauen frisierte. Wenn wir auf dem Sofa herumkuschelten oder nackt nebeneinander lagen, wandte sie sich immer ab. »Schau mich nicht so starrig an«, sagte sie scherzhaft, meinte es aber todernst. Als wir the first time in meinem Teakholzbett lagen, dachte ich, das Anschauen und In-die-Augen-Schauen würde mit der Zeit kommen. Ich begründete es damit, dass sie ja eigentlich nur Wanderschuhe für einen Ausflug zu seltenen Mammutbäumen mit Bruder und Großeltern ausborgen wollte. Danach schob ich es auf das geplante Picknick, den kommenden Valentinstag, Geburtstage, Namenstage, das Wetter und den Zustand der Straßen. Bis Ina ihren Rasierapparat mit Küchenrolle trocknete, die Zahnbürste in den Treteimer warf und zusammen mit ihrem Teil der Pinkpalette beschloss, mich gar nicht mehr sehen zu können. Weder in meine Augen, noch meinen Rücken, meine Brüste genauso wenig wie meine Haare. Nichts, nicht mal Fotos, SMS oder Mails.

»Hier?«, fragt der Bruder. Ich nicke und taste in der Kajüte nach der Keramik. Er drückt den Anleger der Pinne von sich, fiert alle Schoten, die Segel werden locker, schütteln und brüllen frontal gegen den Wind. Ich mag das knarrende, kreischende Geräusch der Segellatten, wenn man mitten im Wind steht. Mein Bruder streckt sich. »Du oder ich?«, frage ich und wickle Zeitungspapier und Luftpolsterfolie runter. »Naja, die hätten sicher gewollt, dass wir das gemeinsam tun.« Ich entferne die letzte Schicht Zeitungspapier und gemeinsam heben wir den Deckel herab. Wir umfassen den Bauch mit den Händen, unsere Fingerknöchel treffen sich. »Auf Drei«, sagt mein Bruder und bei Drei schütten wir in einem Ruck die Asche über Bord. Eine Böe kommt von hinten, erwischt die Asche und trägt sie davon. Ein bisschen was landet auch im Wasser, aber das meiste fliegt weg, wahrscheinlich nach Norwegen, Florida und Sao Paulo. Auf meinen Wangen fließen Träne runter. Ich schniefe den Rotz nach oben und rubble mit den Handflächen meine Augen. »Segeln wir heim«, sagt mein Bruder, setzt sich an die Pinne, bringt die Segel wieder in Stellung, dass sich der Wind darin fängt und uns mit sanftem Ruck von der Stelle trägt. »Hab ich dir eigentlich erzählt, dass ich in dem Haus, das ich für Ina und mich geplant hab, eine Garage für das Boot bauen wollte?«, sagt mein Bruder und öffnet die Schoten auf Vorwindkurs. »Damit man es im Winter wo unterstellen kann, hab ich mir damals gedacht. Jetzt auch egal. Das Schiff überlebt die nächsten zwei Winter ohne Garage. Aber man muss gelegentlich im Sommer aussegeln, sonst beginnen die Segel zu schimmeln. Vielleicht segeln wir ja wieder, wenn es nicht mehr weh tut«, sagt mein Bruder und fiert die Segel auf. Wir haben den Wind genau im Rücken, jedes Segel auf einer Seite. Die Segelstellung heißt Butterfly, das fand Ina immer ganz besonders romantisch. Obwohl es der gefährlichste Kurs ist, denn wenn eine blöde Böe kommt, ist das Boot sofort aus dem Gleichgewicht und platsch.

Jenny Kau
Brückenwärts

Er stand auf dem Geländer der Brücke und blickte in die Tiefe. Sein graues Haar wehte im Wind, während sich seine knochigen Finger fest um einen Brückenpfeiler schlossen. Ein einzelner Sonnenstrahl fiel auf seinen linken Schuh, der in der Nachmittagshitze träge glänzte. In lethargisches Schweigen verfallen, starrte er auf den reißenden Strom grünlichen Wassers, der unter ihm dahinschoss.

»Bitte, tun Sie das nicht!« Selbst ich konnte hören, wie die Angst meine Stimmbänder vibrieren ließ, sie zum hilflosen Spielball meiner Phantasie machte.

Ich sah bereits, wie er sich in die Tiefe fallen ließ, wie sich der Ausdruck des Entsetzens langsam in Verzückung und schließlich in eine tiefe Zufriedenheit verwandelte, während ihn die Wellen des Flusses gierig verschluckten.

Ich ließ ihn nicht aus den Augen, tastete mich langsam vorwärts und taumelte wie ein Betrunkener näher an ihn heran. Ich wusste nicht, ob er mich gehört oder überhaupt bemerkt hatte, denn immer noch stand er regungslos an seinem Platz. Eingehüllt in einen Mantel der Gewissheit: Er würde springen.

Ich war jetzt ganz nah bei ihm und hätte ich den Mut aufgebracht, meine Hand nach ihm auszustrecken, so hätten meine Finger ihn berühren können.

Doch ich tat es nicht. Aber nicht der Mut hielt mich davon ab, sondern die Hilflosigkeit. Wie sollte man einen Menschen auffangen, der fallen wollte?

Ich wünschte mir, er würde anfangen mit mir zu sprechen. Mich anbrüllen, was der Sinn des Lebens wäre, damit ich ihn erstaunt anschauen und erklären konnte, dass das Leben selbst der Sinn sei.

Ich bettelte stumm um seine Aufmerksamkeit. Und während ich ihn ansah, versuchte ich mit meinen Gedanken zu ihm vorzudringen. Rede mit mir! Sieh mich an! Ich kann dir helfen! Doch konnte ich das wirklich?

Ich wusste nichts über diesen Menschen. Ich kannte seine Familie nicht, seine Vorlieben oder Abneigungen. Ich wusste nicht, welcher Arbeit er nachging und ob er damit zufrieden war, noch kannte ich sein Geburtsdatum oder wie viele Freunde er ohne zu zögern benennen konnte, und wie viele Feinde.

Ich hätte niemandem erzählen können, wann er das letzte Mal geweint oder gelacht hatte, ob er je der Liebe begegnet war oder immer noch nach ihr suchte. Ich hätte nicht sagen können, ob er Kinder hatte oder sich je welche gewünscht hätte, noch ob er ein bestimmtes Talent sein Eigen nennen konnte. Ich wusste nur, dass er sich das Leben nehmen wollte, indem er von einer Brücke in das reißende Wasser sprang.

Mein Atem ging stoßweise und vermischte sich mit den Ausdünstungen des Sommers. Die Sonne brannte von einem wolkenlosen Himmel herunter und brachte den trockenen Asphalt zum flirren. Trugbilder stiegen in der Hitze auf und verschwanden wieder.

Ich fixierte die Gestalt auf dem Geländer und ignorierte die erdrückende Stille, die an Einsamkeit grenzte. Ich hatte jegliches Zeitgefühl verloren, wusste nicht, ob wir Minuten oder Stunden schon so beisammen gestanden hatten. Er auf dem Geländer, ich auf den Boden gekauert. Mein Körper fühlte sich fiebrig an, als würde er gegen einen unbekannten Virus ankämpfen.

Schweiß floss mir in wahren Sturzbächen den Rücken hinunter und erinnerte mich daran, welchen Punkt der Mann sechzig Meter unter der Brücke anstarrte.

Während ich dort saß und ihn fest im Auge behielt, zog mein Leben an mir vorbei. Die lebensbedrohliche Phase als Säugling, in der mein kurzes Leben beinahe schon vorbei gewesen wäre und nur durch hartnäckiges Kämpfen ein gutes Ende genommen hatte.

Die schwere Kindheit, als mein Vater uns verließ und nur das alles erstickende Gefühl des Versagens zurückließ. Die verwirrende Jugendzeit, in der das Finden des eigenen Ichs so unvorstellbar schwer und grausam gewesen war. Die Zeit des jungen Erwachsenen, der sich dem Leben stellte und erkennen musste, dass es nie eine Sicherheit oder eine Garantie geben würde. Die vielen Enttäuschungen, das Hadern mit dem eigenen Schicksal, das Infragestellen des kreierten Selbst, aufgeworfen durch zu wenig oder zu viel Gefühl, hin und her gerissen zwischen ohnmächtiger Wut und immerwährender Hoffnung.

Ich wandte mich an den Mann auf dem Geländer und fragte ihn laut, ob er etwas so sehr bereue, so sehr von ihm gefangen war, dass er mit dieser Tatsache, oder ohne sie, nicht mehr leben konnte.

Natürlich antwortete er mir nicht.

Und unwillkürlich führte mich das zu der Frage, ob ich selbst etwas in meinem Leben bereute. Einige Begebenheiten, und mögen sie noch so lange zurückliegen, verfolgen einen das ganze Leben lang. Klammern sich an einem fest, wie um aufzuzeigen, wie sehr man in dieser Situation falsch gehandelt hat.

Dabei würde mich interessieren, was für die meisten von uns wohl schlimmer zu ertragen ist: die falschen Entscheidungen zu treffen, wenn es um uns selbst geht und wir allein diejenigen sind, die die Konsequenzen zu tragen haben. Oder solche, bei denen auch unweigerlich andere mit betroffen sind.

Wem hatte ich wissentlich oder unwissentlich schon in meinem Leben Unrecht angetan und wie lebte dieser Mensch damit?

Erschöpft schüttelte ich den Kopf und bemerkte, wie sich mein Körper aus einer krampfartigen Erstarrung löste. Wieder betrachtete ich den Mann, der sich in der gesamten Zeit nicht einen Millimeter bewegt hatte.

Vielleicht war er gar nicht echt? Vielleicht hatte sich ein Medienmogul einen grausamen Scherz erlaubt und eine Schaufensterpuppe auf dem Geländer postiert, um die emotionalen Reaktionen eines Menschen auf solch eine Extremsituation zu testen?

Ich rieb mir über die Augen und spürte deutlich meine wachsende Anspannung. Plötzlich überkam mich eine verzweifelte Wut und wischte die Mattigkeit fort. Wenn er keine Schaufensterpuppe war, wenn er immer noch lebte, warum zum Teufel sprang er dann nicht endlich?

Ich wollte ihn anfeuern, ihm zubrüllen, seinem Leben endlich ein Ende zu setzen, damit ich mich nicht weiter damit beschäftigen musste. Er ging mir auf die Nerven mit seinem Gestarre, seiner Bewegungslosigkeit, dem Stillstand, den nur er alleine hervorzurufen schien.

Doch so sehr ich es auch wollte, ich konnte mich nicht von der Stelle rühren. Wie gebannt blieb ich auf dem Boden sitzen und schaute zu ihm hinauf. Die Sonne war bereits weitergewandert und tauchte die gesamte Umgebung in ein kräftiges rotes Licht. Sah er diese Schönheit denn nicht?

Ich erinnerte mich, irgendwann einmal gelesen zu haben, dass todgeweihte Menschen oft den Wunsch äußern noch ein letztes Mal den Sonnenaufgang zu sehen. Es scheint für sie, eine Art Bejahung des Lebens zu sein.

Und tatsächlich bekommt man eine Ahnung vom Universum und dem Lauf der Dinge, wenn die Sonne langsam durch den blassen Dunst der Nacht am Horizont hervorbricht und zu ihrer langen Wanderung ansetzt.

Warum wirfst du dein Leben weg, wenn es Tausende gibt, die alles dafür geben würden, so eine Chance ein zweites Mal zu bekommen, brüllte es in meinem Kopf.

Aber der Mann antwortete mir nicht, denn ich hatte es inzwischen aufgegeben mit ihm zu sprechen.

Vielleicht war das der Grund? Hatten ihn andere Menschen aufgegeben, weil er zu schwierig war? Sich den Regeln und Gesetzen des sozialen Miteinanders nicht anpassen wollte oder konnte?

Doch das konnte nicht sein, denn es gab verurteilte Mörder, Kinderschänder und Vergewaltiger, die trotz allem Menschen an ihrer Seite hatten, die sie verteidigten, um ihr Leben kämpften, ja sogar Verständnis für sie aufbrachten!

Immer noch, zwanghaft nach unten blickend, klammerte sich der Mann an den Brückenpfeiler und schien meine Anwesenheit nicht im Geringsten wahrzunehmen.

Wie undankbar die Menschen doch heutzutage sind, dachte ich verbittert. Da saß ich nun Stunde um Stunde bei ihm, versuchte ihm mit allen Mitteln zu helfen, und was tat er? Er wollte diese Hilfe nicht, ja schlimmer noch, er ignorierte sie!

Während wir zusammen im einvernehmlichen Schweigen langsam in die Dämmerung hinüber glitten, fragte ich mich, ob der Erbauer dieser Brücke wohl daran gedacht hatte, dass sie eines Tages ein Todeswerkzeug sein würde. Statt Hindernisse zu überwinden, das Leben zu erleichtern, das Auge zu erfreuen und zu einem Symbol der menschlichen Natur zu werden, die im Stande war, Intelligenz, Glaube und Wissen miteinander zu verbinden, diente sie diesem Mann lediglich dazu, ein geeignet hohes Bauwerk zu sein, von dem er sich in den Tod stürzen konnte, in dem verlässlichen Wissen, dass sein Leben beim Aufprall vorbei sein würde.

Mittlerweile konnte ich kaum noch meine Augen offen halten. Sie brannten in den Höhlen und bei jedem Lidschlag war es, als ob feine Sandkörner meine Netzhaut wund scheuerten. Ich war es so leid hier zu sitzen und ohnmächtig darauf zu warten, was als nächstes passieren würde. Unter größter Anstrengung stand ich auf, fühlte, wie mein geschundener Körper gegen die plötzliche Aktivität rebellierte. Ein lang gezogenes Keuchen zerriss die Stille und ich brauchte einen Augenblick, bis ich bemerkte, dass der Laut nicht aus meinem Mund gekommen war.

Verwirrt blickte ich den alten Mann an, der zeitgleich mit mir seinen Platz auf dem Geländer aufgegeben hatte und mich nun aus glasigen Augen anstarrte.

Keiner von uns sprach ein Wort. Und während die ersten Sterne am Himmel aufzogen und der Seele ein Zeichen der Hoffnung gaben, drehte sich der Mann um und verschwand geräuschlos in der Dunkelheit.

Lange Zeit stand ich da und sah ihm nach, bis ich begriff, dass ich an diesem Tag mein eigenes Leben gerettet hatte. Ein fremder Mensch hatte mir vor Augen geführt, dass ich die letzten Jahre meines Daseins vor mich hinvegetiert hatte, unfähig, mich meinen Ängsten und Schuldgefühlen zu stellen.

Und allein aus der Tatsache heraus, dass er so beharrlich geschwiegen hatte, war es mir möglich gewesen meine Gedanken zu ordnen und mich selbst wieder zu finden.

Noch heute denke ich oft an diesen Mann und hoffe, dass er an diesem Tag ebenso viel gelernt hat, wie ich selbst: Auf einer Brücke zu stehen und sich fallen lassen zu können, in der sicheren Gewissheit, dabei nicht in die Tiefe zu stürzen.

Anne Krüger

Gedichte

affenattacke

wir das nichttotzukriegende getier
springenjumpenhopsen
durch unsere grüngrauen wohnungen.

juhu, die wilden affen:
und das bin ich, mein liebling,
yeah, und das bist du.

haste ma ne banane?
hier sind nur tiefkühlkirschen und sahne.

wir kommen vom monkey island her,
und unsere herzen sind superschwer:
soooooooooooooooo schweeeeeeeeeeeeeeeeer
wie ein dickerfetterriesenbär

doch unsere münder sind liebestoll
und regen wusch volle gehirne leer.

haste ma ne banane?
hier wachsen bloß faulige farne.

artifizielle gazelle

ich bin die artifizielle gazelle, bin die ganz schnelle, super in eile,
bewaffnet mit einer nagelfeile und immer perfekt geschminkt.

ich galoppiere durch jede sekunde, und verliere permanent pfunde,
die hyperaktiven hunde drehen mit mir ihre runde, stunde um stunde.

nie bin ich wirklich da, und nie bin ich hier, nie bin ich ICH,
im taschenspiegel, im s-bahnfenster, verliere ich mich, königlich.

- *definitiondurchfalldelirium*

stirnhöhlenkatarrh,
narzisstische persönlichkeitsstörung,
unkontrollierte darmentleerung,
brandschutzrechtliche belehrung,
religiöse bekehrung,
steinerne briefbeschwerung,
gerichtliche klärung,
napfkuchen.

der wortort

der zauberer zittert,
der magier magert zusehends ab,
der taschenspieler hat sich zu oft getäuscht,
der hexenmeister hat seinen text vergessen,
der geisterbeschwörer ist schwerhörig,
ich tanze nach fußnoten.

•
•

• *dornröschen*

ordentlich gebügelte
nadelstreifenhose, diagnostizierte
zwangsneurose, archivierte

schwarzweißfilmdose.

•
•
•
•

• *geistercafé*

ich bin das geistercafé, der koffeinfreie kaffee,
der schwarzweißtee ohne zucker, das blatt papier,
das halbgetrunkene bier, und ich bin hier.

ich bin das leere gewächshaus im park vom neonschloss,
unter der erde regt sich ein spross, das blut in meinen
kinderaugen strömt wie regen auf den vergifteten boden.

ich bin das bäumchen mit verdorrten zweigen statt händen,
das haus mit steinern sterilen wänden, ein körnchen wahrheit
in all dem weckt mich wie dornröschen der kuss vom obermacker.

i still know what you did last summer

sherlockholmes zog zitternd seine visitenkarte,
doktorwatson war schon in ohnmacht gefallen,
und während ich noch immer warte,
stürzen sie ein, die mächtigen hallen.

küsschen an alle männer (außer an dich)

alle männer sind so sexy, bloß du gefällst mir nich.
rosenblüten regnen auf alle brustbehaarungen herab,
bloß dir scheiß ich ins grab.

neubau

ich bin das hochhaus in berlin-marzahn,
ich leide an schwerem fieberwahn,
meine augen sind verschmierte halbgeöffnete fenster,
und in mir wohnen: nichts als gespenster.

neurologisch

kaninchenfrau, im weißfellnachthemd, mit kanüle inna pfote, schnarchend, betäubt, im tierkrankenhausbett, hausfraumaschine, im kummakittel, den arm inna spüle, schneidend, ritzend, valetzend, schwitzend, vagossen, being alone, depressionen, aversionen, soll manse schonen, verwöhnen, verhöhnen, die pest, lebensrest, gestresst, the best, bettgenässt, neurologisch lässtsichda nix finden, klinisch ok, mutta, katzen-, hunde- und kindafutta, jutta in calcutta, berlin, hah, in tokio bringsesich scharnweise um, kids, teenies, eene meene zyste, und rausbiste, faschistin, blut im schuh, i'm not you, psychiatakuh, pharmakakacke, pisspillenbeschiss, arztgeschwüralkoholdröhnung, LSD-gelaba, CT-zittan, MRT-theoretisch, sichagenetisch, phrasenfetisch, dernächstebitte, brustkrebstitte, anstandundsitte, ordnungundsaubakeit, immabereit, immaperfekt, leistungsdefekt, ein gläschen sekt, stößchen.

papa macbeth

die gläsernen augen des todes verströmen BLUTIGESSPERMA, rauch steigt in ROSAWOLKEN zur wohnzimmerdecke, die DREIHEXEN müssen sich als harmlose babies getarnt haben, doch er hat sie AUFGESPÜRTVERFÜHRT.

quallenfalle

rosa und kariert kam das unglück zum täglichen kartenspiel,
drei geister setzten sich griesgrämig in den chinesischen garten,
der wind baumelte in der pappel, der beat plätscherte johann sebastian bach, hey,
spring zurück in THE REALITY, mein müdes kaninchenhäschenbunny,
kaltes klares wassawassa inne fresse, abmarschraus INTO THE WORLD,
gebär dich selbst, melonenbaby, spuckkotzwürg dich raus ins LEBEN,
blutrotflüssigheiß, die panikpizza packste inne biotonne,
die sängerin, kann sein, hatse sich inne garderobe erhängt,
quallenfalle fing freudefische und murakami schrieb nochn japanisches,
scheißdrauf, vergiss wer sich verpisst, melonenbaby, over and out.

sardine in sonnenblumenpipi

ICH BIN DIE SARDINE IN SONNENBLUMENPIPI
und wohne in einem reagenzglas,

auf komplimente reagiere ich chemisch, biologisch und naturwissenschaftlich logisch,
ich, die SARDINE IN SONNENBLUMENPIPI,

ich singe mit bei den songs, die sie im radio spielen,
ich wähle die spd, und das billigste getränk (meist mineralwasser),

ich, eine SARDINE IN SONNENBLUMENPIPI,
mitten in deutschland, kleine bis mittlere tittengröße, sonntags gern mal klöße.

• *schlachtfest*

ein weinendes kleines mädchen
an einem zerrissenen fädchen

BEI UNS GIBT ES SO ETWAS NICHT PAPA

püppchen mit abgebissenem köpfchen

•
•

supermans schatten

ich bin eine kleine verzweifelnde graue fliege, die sümpfe in meiner brust ertränken die wild vorantrippelnden hühner, die strümpfe hängen traurig an der wäscheleine.

und da bist du: SUPERMAN CRASH BOOM BANG, du bereitest in 10 sekunden den besten kaffee der welt und einen hagebuttentee, lächelnd nimmst du platz im rostroten retrosessel.

das licht der lampe fällt auf dein großes glattes gesicht, keine einzige sorge ist darauf zu finden. ich bin dein schatten, hast du das gewusst? das kleine verängstigte kind in der ecke.

die blonden haare der filmstars sind perfekt frisiert, und der mann mit der flasche riecht nach tod.

das samuraischwert schweißt uns wieder zusammen, eins.

. .

textkörperkörner

textkörperkörner für zarte hühnchen wie mich pickpick,
entschlossen zum reingeistigen superduperpicknick.
ich hab den schriftstellervirus aaah!

t
e
x
t
k
ö
r
p
e
r
k
ö
r
n
e
r

buchstabensuppe, brainbarbiepuppe, unerlaubte entfernung von der truppe,
im frontalaquarium ein wildgewordener guppy

•

traummädchenkakerlake

traummädchenkakerlake, süßsaure gedankenkrake, grabend, grausam im geist, geduckt und sicher vorm wortverbieger, überflieger, sätzesieger, kamillenteekrieger, königin auf deine bühne, die lady aufs schafott, zum sondermüll, papierzerknüllt, totalverhüllt, heisergebrüllt, ich, ohne schutz und schild, nur ich, ganz nackt, du traummädchenkakerlake, here's to you, schweigende kuh, raus bist auch du.

vergiftetes leben

ziellos irre ich durch die gefüllten regale,
und lege mich neben die zitternden aale,

vergeblich habe ich auf dich gewartet,
am bahnhof quäkt das qualvolle quartett,

kein bier, keine kippe, kein mund, kein buch,
entzieht mir das gift vom mutterfluch.

•
•

•

• *verzw.*

ja ich bin verzw.
(das, was man nicht sagen darf, du weißt schon)
(das, was niemand jemals offiziell ist)
(das, was doch sowieso nur halb so schlimm ist)
(das, wogegen es doch pillen gibt)
ja ich bin verzw.
…
das netz der verzweiflung fängt mich auf,
wirst sehen, ich stürze von der grandiosen kuppel,

die clowns weinen kindertränen,
im publikum nichts als hässliche hyänen

ypsilondon

also nicht mit dir und freibier in ypsilondon landen, girlanden am hals,
giraffen im blick, füße im schlick, glücklich und schick,
nein, nicht mit dir nach phantásien rasen, auf rosa hasen,
schnee in den nasen, marihuana im magen, im hochzeitswagen,
ganz allein hier, hyäne schmiedet partypläne, löwin frisst das alte fleisch,
den müden fisch, frisst auch den tisch, dann dich, und schließlich mich.

Andreas Lehmann

Der Tag, an dem sie ihn verließ

Der Tag, an dem sie ihn verließ, war der erste seit Langem, an dem sie sich nicht stritten. Sie schrieen sich nicht an, warfen nicht mit Gläsern oder Flüchen nacheinander. Es war ein ruhiger Tag.

Ich stand in der Küche, als sie nach draußen kam, mit ihrer Tasche und den beiden Koffern. Man hätte denken können, sie fahre in den Urlaub, aber natürlich wusste ich es besser. Wer sie abholte, sah ich nicht; ich bin nicht neugierig, kriege bloß dies und das aus der Nachbarschaft mit. Wenn man alleine lebt, ist das gar nicht zu vermeiden. Als ich etwas später noch einmal nach draußen sah, war sie jedenfalls weg, und das Haus und der Weg und der Garten lagen friedlich da, als sei nie etwas passiert. Wie mein eigener Garten auch.

Ich ging früh ins Bett, so wie immer, hatte aber Mühe einzuschlafen. Auf mein Buch konnte ich mich schlecht konzentrieren. Über vier Jahre hatten sie neben mir gewohnt, waren aus Berlin gekommen damals, um hier gemeinsam etwas Neues anzufangen; mal die andere Richtung. Ich hatte sie beide gemocht, ohne recht erklären zu können weshalb. Die Stadt ist klein, doch niemand hat hier viel mit den Nachbarn zu schaffen.

Ich stand noch einmal auf, um mir eine heiße Milch zu machen, aber auch das half nicht wirklich. Draußen fuhr ab und an ein Auto vorbei, ansonsten war wenig los. Ich sagte mir, dass es so besser sei; diesen schrecklichen Streitereien würde ich auf gar keinen Fall nachtrauern. Der Mann hatte eine hohe, helle Stimme, und ganz am Anfang hatte ich gedacht, dass es die Frau sei, die da so schrie. Erst als auch sie lauter wurde, hatte ich gemerkt, dass er es war.

Und es hatte recht bald begonnen. Sie hatten kaum ein halbes Jahr lang drüben gewohnt, als das erste Mal ein paar Teller zu Bruch gingen. Sie waren unauffällige Menschen, tagsüber jedenfalls. Sie gingen arbeiten, kamen beide recht spät nach Hause, und selten sah ich sie danach noch das Haus verlassen. Ich vermute, dass sie niemanden hatten, keine Freunde oder Bekannten in der Nähe. Vielleicht mochte ich sie deshalb.

Einmal war sie mitten in der Nacht nach draußen gerannt. Ich hatte gehört, wie sie sich beschimpften, dann waren im Haus drüben Türen zugeschlagen worden und es hatte ein seltsam dumpfes Geräusch gegeben, das ich nicht hatte zuordnen können. Nach einem Moment der Stille, ich war inzwischen ans Fenster gegangen und hatte den Vorhang ein kleines Stück beiseite geschoben, war sie herausgestürzt. Sie hatte kein Licht gemacht, im Hausflur nicht und nicht draußen neben der Tür. Sie hatte das Gartentor offen stehen gelassen und war in kleinen Trippelschritten die Straße entlanggerannt. Wohin auch immer, ich weiß es nicht. Am Morgen war sie wie immer aus dem Haus gekommen, pünktlich, ordentlich gekleidet, um zur Arbeit zu fahren. Ich weiß noch, wie ich in der Nacht an einen modernen Tanz gedacht hatte: Diese klappernden Schritte durch die Dunkelheit, panisch und seltsam spielerisch zugleich, hätten gut in irgendein Ballett gepasst. Sonderbar, ich weiß, aber man macht sich halt so seine Gedanken.

Fast nie traf ich sie draußen. Ich gehe selbst nicht häufiger als nötig vor die Tür, und worüber soll man mit den Leuten reden, wenn man sie kaum kennt. Ganz am Anfang hatten sie einmal bei mir geklingelt, hatten einen Kaffee mit mir getrunken und ein wenig über sich erzählt. Richtig verliebt hatten sie gewirkt; ihre Tassen hatte ich eine ganze Weile auf meinem Tisch stehen gelassen. Und die wenigen Male, die ich ihnen danach noch begegnet bin, gingen sie Hand in Hand spazieren, still und harmonisch, selbst wenn in der Nacht zuvor die Fetzen geflogen waren. Was auch passierte, etwas schien es doch zwischen ihnen zu geben, eine Kraft, die sie zusammenhielt und die stärker war als ihre Wut, ihre Starrköpfigkeit. Ein paar Jahre lang zumindest. –

Als ich noch eine Weile nach draußen geschaut hatte, wurde ich endlich müde. Ich ging wieder ins Bett, und irgendwann gelang es mir einzuschlafen.

Wovon ich wach wurde, weiß ich nicht. Ich setzte mich im Bett auf und lauschte, und obwohl ich absolut nichts hörte, klopfte mein Herz. Es war dunkel, besonders lange konnte ich noch nicht geschlafen haben. Leise stand ich auf und schlich mich ans Schlafzimmerfenster, und mit geballten Fäusten spähte ich hinaus. Ich wusste, dass ich nicht allein war.

Doch ich sah niemanden. Ich zog mir etwas über und ging nach unten, schlich durch mein eigenes Haus wie ein Einbrecher. Ich holte mir die Gartenschere aus dem Keller und stellte mich neben die Haustür. Ich traute mich kaum zu atmen.

Einige Minuten vergingen wohl so, bis ich noch einmal ans Küchenfenster ging, um nach draußen zu schauen. Und jetzt sah ich sie. Trotz der Dunkelheit erkannte ich sie sofort. Es beruhigte und erschreckte mich zugleich; immerhin, kein Einbrecher, aber was machte sie hier mitten in der Nacht?

Und sie stand in meinem Garten, nicht in ihrem. Nun, ihrer war es wohl schon nicht mehr. Jedenfalls bewegte sie sich nicht, sah einfach hinüber zu dem Haus, in dem sie die letzten vier Jahre gelebt hatte. Ein bisschen unheimlich war es schon. Ich zog mir eine Jacke über und ging hinaus. Die Gartenschere ließ ich im Hausflur liegen.

»Entschuldigung«, sagte ich leise, etwas Besseres fiel mir nicht ein.

Es sah aus, als erschrecke sie in Zeitlupe. Langsam drehte sie sich um, hob ihre Hand, um zu grüßen oder etwas abzuwehren, ich weiß es nicht. Aber sie sagte nichts. Mir war kalt, und auch sie sah aus, als friere sie, obwohl sie Stiefel trug und einen dicken Wintermantel mit Pelzkragen. Man hätte denken können, sie sei auf einer Exkursion durch schwieriges Gelände; dabei war es bloß mein Garten.

»Ich …« Sie zögerte, und ich musste nahe an sie herangehen, um zu verstehen, was sie sagte. »Ich habe etwas vergessen.«

Ich nickte nur. Ich fand es reichlich seltsam, deswegen um diese Uhrzeit zurückzukommen, behielt es aber für mich. Was war nicht seltsam an der ganzen Geschichte?

Und mehr sagten wir nicht. Ich wusste nicht, worüber ich mit ihr hätte sprechen können, und als sie da stand und ihr Haus anstarrte, sah sie aus wie jemand, den man besser nicht störte. Fast schämte ich mich ein bisschen. Doch dann gab es einen Moment – wir hatten eine Zeit lang still nebeneinander gestanden und nach drüben gesehen –, da war ich mir ganz sicher, dass wir dasselbe fühlten. Eine Sekunde lang spürte ich so etwas wie Einklang, Übereinstimmung. Was auch immer es genau war, jedenfalls merkte ich die Kälte für diesen Moment nicht mehr.

Und dann geschah etwas Seltsames. In dem Zimmer, das sie offenbar die ganze Zeit über fixiert hatte, ging ganz kurz das Licht an. Ein Augenblick, mehr war es nicht, dann erlosch es schon wieder; wie ein Blitz. Ich rieb meine Hände aneinander und sah sie an. Ihr Gesicht neben meinem in der Dunkelheit.

»Vielleicht … möchten Sie gerne einen Tee trinken?«, sagte ich.

Sie sah an mir vorbei und nickte.

»Kommen Sie«, sagte ich, und beinahe hätte ich ihre Hand genommen. »Gehen wir hinein.«

Ich hängte meine Jacke in die Garderobe und ging in die Küche, um den Tee aufzusetzen. Währenddessen saß sie im Wohnzimmer. Ich hörte sie nicht, sie schien so reglos dazusitzen, wie sie bis eben in meinem Garten gestanden hatte. Den Mantel hatte sie anbehalten.

Als der Tee fertig war, trug ich alles ins Wohnzimmer und goss uns zwei Tassen davon ein. Dann dachte ich an die Gartenschere und glaubte aus irgendeinem Grund, ich müsste sie sofort zurück in den Keller bringen; es war mir peinlich, dass ich mich bewaffnet hatte. »Sekunde«, sagte ich leise und ging hinaus. Vorsichtig hob ich die Schere auf und trug sie in den Keller. Ich versteckte sie unter einer alten Decke, dann setzte ich mich auf die Treppe und verharrte dort einen Moment lang, bevor ich zurück nach oben ging.

Als ich ins Wohnzimmer kam, war sie verschwunden. Ich hatte nichts gehört, keine Schritte und keine Tür, und vielleicht war sie bloß auf der Toilette. Doch die Minuten vergingen, und sie kam nicht wieder. Ich ging nach draußen, ohne Jacke diesmal, aber auch da war sie nicht: nur unsere Gärten in der Dunkelheit, der halbe Mond am Himmel und ein paar Sterne, denen man heute besonders deutlich ansah, wie weit sie entfernt waren.

Mir wurde kalt, und ich ging wieder hinein. Müde war ich nun gar nicht mehr. Ich setzte mich ins Wohnzimmer und trank den Tee, erst meine Tasse und dann ihre, und dachte über dies und jenes nach. Zu echten Ergebnissen kam ich nicht. Ich hatte ihre Miene vor Augen, als drüben das Licht an- und sofort wieder ausgegangen war, das Licht und die Dunkelheit in ihrem Blick. Etwas, das kurz in ihrem Gesicht aufleuchtete, bevor es wieder erlosch.

Am nächsten Morgen wachte ich im Wohnzimmer auf.

Jedenfalls ging sie an diesem Tag, und wenige Wochen später schon gab es eine andere Frau, die ich das Haus betreten und verlassen sah. Wie eine Fremde zunächst, zögerlich, ein wenig ängstlich beinahe, wie ein Mensch, der nicht weiß, was ihn erwartet. Und wenig später dann ging sie gelassen an die Eingangstür, klingelte, ohne vorher auf das Namensschild zu schauen, und trat zügig ein, wenn die Tür sich öffnete. Häufig kam sie am Nachmittag und ging am nächsten Morgen wieder. Selten blieb sie über mehrere Tage. Ihren Namen kenne ich nicht.

Das Leben hier ist ruhiger seitdem, es gibt keine nächtlichen Streitereien mehr und kein Geschrei, dass einem angst und bange wird. Manchmal aber, an langen und ereignislosen Tagen, an denen ich viel Zeit zum Nachdenken habe und aus dem Fenster nach draußen sehe, kommt es selbst mir so vor, als sei etwas verloren. Aber ich weiß nicht sicher, was es ist.

Juliane Liebert
[lugdunam]

[brad21] hey jazz, what are your plans for today?
[jazz is offline. your message will be delivered when the user is back online]
[you have been disconnected]

--

an dem tag, an dem sich karls urin von babyrosa zu burgunderrot verfärbte, beschlossen wir, die stadt zu verlassen. schon seit einiger zeit hatte sich karls zustand ständig verschlechtert. der anblick war uns vertraut geworden: karl, kreidebleich im flimmern der mattscheibe, karl kotzend, karls pillensammlung neben den wattepads, karl mit tapfer tränender fresse. das azurblau seiner augenränder, die ruinen seiner wirbel. sand. sein gesicht sah inzwischen aus wie die touristenfreundliche aufnahme eines hungernden wüstenvolkes. wir betrachteten karls leidensgeschichte als eine art soap mit immer wechselnden darstellern. delir tremens. chologene diarrhoe. aprexie. natürlich, wir litten mit ihm. wir unterhielten uns köstlich. aber an dem morgen, an dem karl begann, sein herzblut auszupissen, so tiefrot, dass es nahezu schwarz schien – da erschraken wir und beschlossen, abzuhauen. wir wollten irgendwas fremdländisches mit meer und giraffen, oder unserethalber auch großstadtdschungel, nur groß und ursprünglich sollte es sein und uns hinreißen. wir wollten hochhäuser, an die wir unsere auf meterhohen hälsen balancierenden köpfe lehnen konnten. wir wollten die einfachen, lauten, leichten dinge. popcorn, noch eine letzte werbepause vorm finale. es bedeutete, unser leben aufzugeben. an besagtem morgen saß ich in der küche und erstellte eine liste, was dieses plötzliche abtauchen mich kosten würde: meine arbeit, ein paar freunde, das neon abo nächsten monat – gut, aber es würde eine nächste ausgabe geben und karl starb wahrscheinlich nur einmal. es gab nicht viele dinge, die anderswo anders sein würden, die zeit verging hier wie da. es war nur eine frage des momentes.

ich kannte karl und jazz zu diesem zeitpunkt exakt zwei jahre. wir wohnten in einem reihenhaus im zentrum der stadt; ein altbau von exakt dem gelb, das karls urin idealerweise gehabt hätte, wenn karl gesund wäre. das haus hatte die farbe von karls pisse in einer besseren welt.

jazz' hirn begann, sich zu zersetzen, bevor wir auch nur in der nähe der tür waren. jazz schmierte stullen, jazz wollte los, jazz wollte ins bad, karl war im bad und erbrach sich seit gefühlten zehn stunden. »kannst du nicht in die spüle kotzen, ich muss duschen!«, brüllte jazz, obwohl sie schon geduscht hatte; ihr haar war gordisch ins handtuch eingeknotet. ich aß kinder pinguin und arbeitete an meiner liste-der-dinge-die-ich-noch-kündigen-muss. karl wechselte den tatort. wir tranken kaffee. jazz tat die üblichen zwei süßstofftabletten in karls tasse. er vertrug keinen zucker, kein weißes mehl und keine tierischen fette, und jazz setzte all ihre energie daran, ihn von all dem fernzuhalten. karl kaute und schluckte langsam, seine unterlippe war aufgesprungen. er war auf eine art schön, die eher einem gegenstand als einer person zugehörig schien. die elemente seines gesichtes schienen nicht der funktion, sondern ihrer bloßen ästhetik halber so angeordnet zu sein. wer ihn nur ansah, konnte sich nicht vorstellen, dass er je aß oder trank. seine krankheit schien unlogisch. hologramme werden nicht krank. jazz hätte alles für karl getan. mir hingegen genügte es, den beiden zuzusehen, der karl-jazz-symbiose, weil das leben mit ihnen mich von jeder tatsächlichen verpflichtung fernhielt. insofern kam mir unser trip gelegen. ich versuchte, jazz' blick einzufangen. ich konnte es kaum erwarten, dass wir unsere sachen gepackt hatten. es war bereits nachmittag.

--

[jazz] hi brad
[jazz] dunno
[jazz] how long have you been working for this company?
[jazz] three, four years?
[jazz] have you never thought about just taking the next train?
[brad21 is offline. your message will be delivered when the user is back online]

wir fuhren. wenn vorher einer gesagt hätte, schätz mal, wie groß ist die stadt denn – ich hätte mir ihr ausmaß nicht vorstellen können, die ausdehnung dieser halbrenovierten knetmasse im jugendstil, ich hätte gewettet, sie sei kleiner. jazz fuhr. ich war mir nicht mehr sicher, ob ich das alles cool fand. ich fragte karl. karl sagte, das bekämen wir hin, im prinzip werde jede situation cool, wenn man sich vorstelle, man sei nackt, irgendetwas brenne und man werde von einhörnern angegriffen. naja, sagte jazz. wir spielten die szenarien durch: abwaschen (nackt, wütende einhörner vorm fenster, der kühlschrank brennt – cool), auf die bahn warten (nackt, wütende einhornherden hinter der tram, und irgendwo im hintergrund brennt ein kinderwagen – cool) naja, sagte jazz; ich begann, mich wohlzufühlen. schade, dass karl stirbt und nicht jazz, dachte ich und schämte mich im selben moment. andererseits wäre karl nie von alleine irgendwohin gefahren, also hätten wir auf ewig in unserem altbau festgesessen, unsere leben eine abfolge von ereignissen, die nie eine geschichte ergaben. karl würde sterben, jazz würde leben. für mich wollte ich keine hypothesen aufstellen. ich versuchte, traurig zu sein. der kilometerzeiger rollte, die zeit verging schneller. alles passierte in werbespotgeschwindigkeit. wir fuhren. die welt bestand aus rücklichtern vorne und streifen schräg seitlich und häusern links und rechts. mich wunderte, dass wir immer noch nicht aus der stadt waren, ich hätte gewettet, sie sei kleiner.

wir beschlossen, im auto zu übernachten. wir tranken kalten kaffee aus thermoskannen. ich tat jazz und karl etwas von dem süßstoff rein. jazz spuckte. »was soll das? das zeug schmeckt widerlich.« sie ließ einen duftenden wasserfall ins gras neben dem wagen rauschen. karl hustete. sein haar warf schattenpfeile auf den pappbecher. ich verstand. ich sah jazz finger, die auf den knopf des behälters drückten, das fallen der weißen tabletten, ihr zischen. ich brachte kein wort heraus. die dämmerung klappte herunter und trieb uns enger zusammen. wir hatten zwei flaschen wodka gekauft. unsere körper saugten ihn auf wie schaumstoff. karl erzählte, dass er einmal ein mädchen gekannt hatte, dass sich jeden abend die füße eincremte und dazu eine kerze anzündete. und dass man schneller besoffen wurde, wenn man den alkohol durch einen trichter in den arsch einführte, aber auch einfacher starb. naja, sagte jazz. ich versuchte zuzuhören. außerhalb des autos existierte die stadt nicht mehr. wir wurden magnetisch, schwerer, das verdeck sank herab. jazz umfasste meine hand, er küsste sie. mich. wir waren nackt, brannten und wurden von einhörnern angegriffen. wir waren falsch abgebogen. schon vor stunden. wir fuhren.

--

[brad21] ... jazz?
[brad21] you can be honest. if you need a few days of, i'll understand. just don't take the piss.
[brad21] what are your plans for today?
[brad21] jazz?
[jazz is offline. your message will be delivered when the user is back online]

--

ich erwachte vor dem ersten dämmern. es war merklich abgekühlt. ich krallte mir karls pullover, kletterte über die lehne nach vorn und startete den motor. rechts & links erschienen graue häuser, monstervillen, die fenster flachbildschirme mit der tagesfolge bürgerliche existenz. werbepause. die farbe der wände ringsumher entsprach der unseres hauses. daneben dasselbe. und noch eins. wir fuhren. ich stellte mir vor, wie wir parken würden. vor einem dieser häuser. wie ich aufschloss, und beim eintreten wieder heraustreten und erneut vor der fassade stehen würde. als sei ich durch eine klappkarte gegangen. du kommst hier nicht rein. bang. keine einhörner in sicht. nur gelbe fassaden. wir waren immer noch in der stadt, ich hätte gewettet, sie sei kleiner. alle häuser waren gelb, zu beiden seiten reihte sich das immerselbe haus. rechts und links, neun a, neun a. war das unsere hausnummer? hinter der nächsten kurve dasselbe. ein kaleidoskop. spiegelscherben. ein gelbes häusermeer. ich wagte nicht anzuhalten. jazz und karl schliefen auf dem rücksitz. der tank war noch halbvoll. wo waren die einhörner? jazz schnarchte arhythmisch. wir würden irgendwann anhalten müssen. eine straßenecke, es hätte jede beliebige sein können. wir hatten noch zeit. ich begann nach einer mauer ausschau zu halten. einer grube. einer brücke. irgendetwas, wogegen ich das auto setzen konnte. nichts. der tank war noch halbvoll. ich war ruhig; es war ganz gleich, ob ich abbog, wendete, in welche richtung ich fuhr: am ende stünde immer dieses gelb, kein sonnengelb, kein wassergelb. die farbe von karls urin in einer besseren welt. wir fuhren.

--

[brad21] hi how are you
[jazz] fine
[brad21] good to hear ... what are your plans for today?
[jazz] today i ll stop poisoning my boyfriend and we'll hit the road
[brad21] ok
[you have been disconnected. your message will be delivered when you go back online]

--

Sebastian Th. Lollschied
meros_3

I
1 *Als der Merowinger König Sigismund im siebenunddreißigsten Jahre*
2
3

II
1 *stund wurde er überdrüssig.* **Es stand in den Bohnen** *Er trat durch das*
2 Aber als die erwähnten Könige noch zusammen in Thüringen waren
3

III
1 **Der Kegel der Stille.** *auf die Terrasse vor seinem Haus am Rand des*
2 *französische Fenster* seinen Bruder Chlotachar zu töten. **Tatütata.**
3 machte Theuderich einen Anschlag, **I am a Bomb.** Frauen ab 40 ab

IV
1 Neubaugebietes, **100 Gramm Gans gleich 32 Gramm Fett.**
2 *von der aus man Wälder und Äcker, die flachen Täler und sanften*
3 **21 Jahre.** Er hielt sich im geheimen bewaffnete Männer in Bereitschaft

V
1 **Nehmen Sie ihr Schicksal selbst in die Hand.** *übersehen konnte*
2 *Kuppen hin zu immer weiteren Horizonten* gleich als ob er im Vertrauen
3 und ließ jenen zu sich rufen, **Yippie Yeah Yeah Schweinebacke.** Das

VI
1 Ein Pferd. Einundvierzig Mal Testsieger! In einem Teil des Hauses
2 etwas mit ihm verhandeln wollte. **Die besten Seiten deiner Helden jetzt**
3 Hörrohr. *Er blickte in den klaren Dezemberabend, der sich vom Schwarz*

VII
1 Aim well! Für mich ist der Gipfel des Fortschritts immer noch eine
2 neu! aber ließ er einen Vorhang von der einen Wand zur anderen
3 *im Zenit über ein tiefes Violett und Blau in den roten und gelben*

VIII
1 *eine gefrorene Pizza.* Richard Nixon Turnhalle. Da der Vorhang
2 spannen und stellte hinter demselben die Bewaffneten auf.
3 *Dunst des Untergangs sedimentierte.* My name is Isystta and I cannot

IX
1 jedoch zu kurz war, **ein Krokus blüht im grünen Klee.** Rattattatta Peng.
2 Haus. *Die Verdichterstation der Ferngasleitung lag im Tal* Endresultat:
3 **speak or hear.** wurden die Beine der Bewaffneten sichtbar. *und*

X
1 Als Chlotachar das bemerkte, **Dieser Wurm jedoch lebt als einziger**
2 **Er ist Umgekippt!** ging er mit den seinen bewaffnet in das
3 *drückte das Gas in die unterirdischen Rohre;* Elvis Gospel singen.

XI
1 **Wurm seiner Gattung im Meer.** *die einen Senkrechten Streifen*
2 Haus. Die Organisation Todt baute zuerst die Hunsrückhöhenstraße.
3 *fauchend entließ sie ihre Abgase,* Können Sie sich Kräuter vorstellen

XII
1 *flimmernder Turbulenz* Die Wahrheit ist alles andere als normal.
2 Theuderich erkannte, dass jener den Anschlag bemerkt hatte.
3 **ohne eine gesunde Natur?** *aus der Landschaft schmolzen.* Oh! Oh!

XIII
1 *Er setzte sich vor den Fernseher* und sprach bald von diesem, bald
2 **Können Sie Ihre Zahnaufhellung durch Lichtbestrahlung bequem**
3 Da ersann er sich eine Ausflucht *und ging nicht mehr zur Arbeit.*

XIV
1 von jenem. *Durch das Fenster stach das Mondlicht ins Kinderzimmer*
2 **zu Hause durchführen. Der Papa ist der Räuber Hotzenplotz.**
3 Derweil er endlich doch nicht wusste, wie er seinen Betrug beschönigen

XV
1 *wo Poster von Popstars und Fußballern an die Dachschräge geheftet*
2 gab er ihm eine große, silberne Schale zum Geschenk.
3 sollte, **ist totaler Wahnsinn angehoben, ist Selbstzerstörung ein**

XVI
1 *waren. Kleine, selbstleuchtende Totenschädel leuchteten und das*
2 **Love Passion Violence Sex. Mein Wille ist Gesetz.** dankte für das
3 Instinkt? Chlotachar sagte ihm Lebewohl, **Zum Schutz vor Wasser-**

XVII
1 **Bettzeug raschelte, Denn Gott gab uns eine Seele.** *Er glaubte, der*
2 **Geschenk Bi, 34, m.** als er seinen Sohn im Schlaf erwürgte. **Oh! Oh!**
3 **leitungen usw.** und ging in seine Wohnung zurück **Champignons**

XVIII
1 *werde ihn einst ermorden und sein Reich stehlen,* **Bestrafe mich,**
2 Theuderich aber beklagte sich bei den seinigen, *denn das ist,*
3 **und Pfifferlinge haben noch nie so gut zusammen geschmeckt.** So

IXX
1 Hector! dass er so ohne alle Ursache seine Schale habe dahingeben
2 *was alle Söhne tun. Der Vollmond benetzte sein Gesicht,*
3 verlässt im Jahresdurchschnitt ein Ferkel pro Sau den Stall.

XX
1 müssen. und sprach zu seinem Sohn Theudebert: **Das ist alles Werbung,**
2 *dann ging er los, durch Länder und Reiche.* **Mann mit der Kuh an**
3 **Je tiefer einer fällt, desto höher der Zweck.** *Bei Hannoversch*

XXI
1 **damit die Leute möglichst viel kaufen. Lass Druck ab, Lolita**
2 **Wand redet ist wie Zug ohne Räder.** Gehe zu Deinem Oheim und bitte ihn
3 *Münden auf der Autobahn, der Harz lag unter feuchtem Schnee,*

XXII
1 verlangen. *die Wolken, die trieben, hatten die Farbe von zermatschtem*
2 Ein äußerst Empfindlicher, meterlanger Schwanz hängt von seinem Kopf
3 Die Anbetung einer Ratte. er möchte das Geschenk, das ich ihm gemacht

XXIII
1 *Schuhkarton.* habe, dir aus gutem Herzen wiedergeben. **Wähle 11816 und**
2 **herunter.** *Als der Lastwagen ihn erfasste, warf sich sein Auge*
3 War das Gefälle zu steil oder die Bremse zu schwach? **Machen Sie sich**

XXIV
1 **verlange Oma. Erfahren!** *Kurz sah er dort einen Fetzen Blau. Wie die*
2 *noch einmal zum Himmel herauf.* Und dazu muss ich mich von meinem
3 keine Illusionen, wir haben die Kontrolle. Theudebert ging, und

XXV
1 *Jahrhunderte und Jahrtausende des Kommenden und des Gewesenen um das*
2 Körper trennen. *so schlossen sich Reifen und Asphalt um seinen*
3 erhielt, was er erbat. **Preise gut, alles gut.** Eine Aktion der

XXVI
1 **Jetzt,** von da an zerriss eine Serie von Explosionen das Abwassersystem
2 *Kopf und zerdrückten ihn.* **Alles runter in die Grube!** In solchen
3 katholischen Kirche und RTL. *Aus den zerbrochenen Wolken langten*

XXVII
1 **Simon befiehlt.**
2 Ränken war Theuderich sehr bewandert.
3 *Lichtstrahlen gleich den dünnen Fingern einer Kralle herab,*

XVIII
1
2
3 *und griffen nach Dörfern, Hängen und dem Tannenwald.*

negentropy, a measure of distance to normality

Am Stadtrand unter einem Dornenstrauch
liegt ein kaputter Fernsehapparat.
Welkes Klopapier mit einem streifen Scheiße drauf,
ein Einkaufswagen und ein altes Autorad.
Die Wolken spähen mitleidlos herab.

Der kalte Herbstwind weht mir feinen Regen zu,
die Jacke hab' ich lange schon verlor'n,
zwanzig Jahre dauert schon die Hatz,
geblieben sind das Messer und die Flinte und die Schuh'.

Ich sehe, wie das Volk nach Brot und Spielen schreit,
und fange an zu glauben, was ich weiß.
»Nichts in dieser Welt bricht mit dem Lauf der Zeit«,
sag' ich und Thälmanns Asche stimmt mir zu.
Eine Eule zirkelt lautlos um mich her.

»Hat die Revolution den Kommerz besiegt mit ihrem blutigen Schwert?«
Schon längst.

»Gibt es ein Weiterleben der Seele nach dem Tod?«
Ich weiß nicht, sie lebt ja auch davor.

»Kann die Liebe alles verzeih'n?«
Das ist meine Tochter Ruslandia, sie hat den hässlichsten Namen der Welt.

Ich blicke auf die schwarzen Kulissen der postfordistisch-postkeynesianischen Stadt.

Dahinter, sagt man, bricht der Lehm des Bodens auf,
und speit Feuer längs der Flüsse in die Nacht.
Im Tritt von Sonne, Regen, Wind marschiert das Pflanzenheer,
über Städte, Dörfer, Straßen, die werden und vergehen.
Gestrüpp, das morschen Asphalt verzehrt,
auf dem sich ein Druide schreiend wälzt.
Ich leg' mich nieder und fang' mit ihm an zu schrei'n.

Thomas Mahler
Die Treppe

Auf dem schwarzweiß kopierten Profilfoto in der Akte hatte ich ihn nicht erkannt. Seine dichtschwarzen Locken und sein breitkrämpiges Gesicht waren mir bloß normal und passend erschienen. So sahen die Angeklagten nun einmal aus. Doch als er mir im Saal gegenüber saß, kam eine vage Erinnerung an meine schlaksige Unsicherheit in mir herauf, an die orientierungslosen Minuten, in denen ich mich beim Spielen in den übelriechenden Büschen unserer Siedlung versteckt hatte und an den fremden Moment der Erleichterung, in dem mir sein Vater mit einem *okay, ist okay* über die Balkonbrüstung hinweg verziehen hatte.

Außer einem Rentner, der zum Zeitvertreib die Verhandlungen verfolgte und den ich schon oft gesehen hatte, waren keine Zuschauer gekommen. Ich prüfte Namen und Familienstand mit den ewig gewohnten Formelsätzen und ließ die Anklage durch den Staatsanwalt verlesen. Überfall auf ein Juweliergeschäft. Versuch, den Inhaber mit einem pistolenähnlichen Feuerzeug zur Herausgabe des Schmucks zu zwingen. Rangelei mit dem Juwelier, Flucht aus dem Laden. Festnahme nach fünf Tagen Fahndung. Ich sah an die verzierten, aus dunkelbraunem Holz geteilten Deckenquadrate. Von der Mitte des Saals blickte eine weiße Stuckadlergestalt zwischen Schilden und Schlangen mit einer Krone auf uns herab.

Er hieß eigentlich Abdelaziz, aber früher hatten wir ihn nur Abdul genannt, ein fremdes Wort, dessen Herkunft uns nicht interessierte. Abdul, der einige kleinere Brüder besaß und jederzeit mehrere größere Brüder zur Verteidigung oder Vergeltung herbeirufen konnte. Abdul, dessen Vater stumm war, weil er unsere Sprache nicht sprechen konnte, oder jedenfalls nur gebrochen. Dessen Mutter niemals zum Kaffee trinken bei uns geklingelt hätte.

Ich nahm meinen schweren Kugelschreiber, kritzelte ein paar Notizen vor mich hin, ein paar Stichworte aus dem, was der Staatsanwalt sagte. Eigentlich war das nicht notwendig. Aber der feste Druck des Stifts auf dem Papier, sein blankgeputztes Metall und die Sachlichkeit von ein paar unterstrichenen Wörtern ließen es mir immer wieder plausibel erscheinen, dass wir hier bloß etwas *ausführten*. Dass wir hier konzentriert eine Technik verfolgten an einer logischen Linie entlang.

Die Anklage lautete auf schweren Raub und gemeinschaftlich verübte, schwere Körperverletzung.

Erst als ich in der Akte den Geburtsort gelesen hatte, war mir aufgefallen, dass ich ihn kannte. Sein Lebenslauf sah nicht gut aus. Keine lohnende Ausbildung, aber schon kurz nach der Volljährigkeit mehrmals strafrechtlich auffällig geworden. Unentschieden sogar im Stil der Straftaten; konsequent lediglich in der Weigerung, einen bürgerlichen Weg einzuschlagen. Die Hauptschule hatte er gerade noch abgeschlossen, dann kam eine abgebrochene Tischlerlehre dazu und Hilfsjobs, deren bloße Tätigkeitsbezeichnungen mir fast so demütigend ins Auge stießen wie eine Vorstrafe. Schweißer. Bauarbeiter. Fliesenleger. Der Strafrichter, bei dem ich angefangen habe, hatte mir einmal gesagt, es sei lebensnotwendig, sich nicht mit den Angeklagten zu vergleichen. Die sind da, hat er gesagt, und du bist hier. Und dann machst du deine Arbeit exakt.

Ein einfacher Stuhl und ein strukturiertes Holzpodest waren vielleicht genauso weit voneinander entfernt wie zwei gegenüberliegende Balkons einer westdeutschen Siedlung.

Es war sehr unwahrscheinlich, dass er sich an mich erinnerte. Von mir hatte er ja keine Akte gesehen. Ich war ja nicht hier, um beurteilt zu werden. Er war geständig, leugnete nur, die drei fehlenden Ringe entwendet zu haben. Die hab ich nicht mitgenommen, sagte er und schob seine rechte Hand abwehrend nach vorn. Wie er eigentlich auf die Idee zum Überfall gekommen sei, fragte ich. Wahrscheinlich war es heute das erste Mal, dass wir uns direkt miteinander unterhielten.

Habe Geld gebraucht für Wohnung, sagte er, wie zur Entschuldigung, den Blick nach oben geheftet, an mir vorbei. Na das ist ja wohl erstmal danebengegangen, ging mir als Satz durch den Kopf, doch das sagte ich nicht.

Wieso er denn extra Handschuhe, das Feuerzeug, einen Hammer und die Sporttasche gekauft habe, fragte der Staatsanwalt, nur um dann keinen einzigen Ring mitzunehmen. Hab ich nicht mitgenommen, sagte er noch einmal.

Das Jurastudium hat mich insgesamt vielleicht zwölf schlaflose Nächte gekostet. Und ich sage manchmal, dass ich mich *ganz schön* gestresst habe. Aber der Stress war die meiste Zeit angenehm. Von zukünftigen Vorteilen geschwängert. Begleitet vom Geruch des dunkelbraunen Parketts, das ich als Wohnungsbedingung fordern und vom weichen, fast lautlosen Gleiten der hölzern-metallischen Schubladen, die ich mir für die Küche dann würde leisten können.

Ein einziges Mal hatten wir gemeinsam mit einigen seiner Brüder gespielt, weil sie zufällig zu uns gestoßen waren. Räuber und Gendarm. Sie sollten uns fangen. Mit meinem damals besten Freund war ich weit über die andere Straße gelaufen und unter zwei Haselnussbäume, wo wir uns schweigend nebeneinander kauerten. Dort hockten wir sicherlich eine Viertelstunde, zuerst triumphierend, weil sie uns nicht fanden, dann nur noch gelangweilt. Als wir zurück in den Innenhof kamen, waren sie nicht mehr da und wir mussten beide zum Abendbrot.

Ich rückte die prall gefüllte Mappe vor mir in einen genauer parallelen Abstand zum Rand des Tisches.

Also Sie wollten die Ringe mitnehmen, fragte ich.

Er nickte.

Aber Sie haben es nicht getan.

Wusste ja nicht, sagte er, dass der sich wehrt.

Einige der abgehefteten, kopierten Blätter ragten oben schief aus der Mappe hervor und zerstörten die Parallele.

Also Sie *hätten* die Ringe gern mitgenommen, sagte ich, mehr zu mir selbst. Dann holen wir jetzt mal den Zeugen herein.

Einer seiner Brüder hatte mich einmal von hinten mit einer Nähnadel in den Hintern gestochen. Es hatte kaum weh getan, die Nadel ging nicht direkt durch meine Jeans und ich war auch schnell weggesprungen. Aber die bloße Möglichkeit eines solchen Angriffs hatte mich plötzlich verängstigt. Dass man jemanden mit einer Nadel tatsächlich stechen konnte, war mir damals ebenso fremd gewesen wie die Aussicht, auf eine Hauptschule gehen zu müssen. Das war eine Schule, die für mich als Möglichkeit gar nicht existierte.

Im hohen Saal hingen die Lampen tief. Die alten Fenster waren noch abwechselnd mit kleinen, farbigen Glasrechtecken besetzt. Das gesamte Gerichtsgebäude stand unter Denkmalschutz.

Der Juwelier, ein quirlig-kompakter Sechzigjähriger mit rotem Gesicht, konnte den Ablauf des Überfalls nur bestätigen. Die fehlenden Ringe wurden ihm zwar von der Versicherung ersetzt, er mochte jedoch sein Geschäft seit *der Sache*, wie er sich ausdrückte, nicht mehr weiterführen.

Es tue ihm leid, sagte Abdelaziz im Stehen, worauf der Juwelier nur kurz mit den Schultern wippte.

Auf dem Spielplatz, den unsere Siedlung umgab, hatte ich seinen sehr viel jüngeren Bruder an einem Nachmittag neben dem Sandkasten bei einer kleineren Rangelei umgestoßen und der war mit dem Kopf auf das Pflaster geprallt. Nicht sehr stark, aber er weinte so laut in den weiten Innenhof, dass sein Vater bald am Balkon stand und voller Missbilligung hinunter sah. Ich entschuldigte mich ebenso laut wie der Junge schrie, weil es mir leidtat und vielleicht auch, weil ich Angst bekam vor der Rache der größeren Brüder. Es war keine Absicht gewesen. Doch dann hellte sich das grimmig bärtige Gesicht seines Vaters plötzlich auf und er sagte, *okay, ist okay*, noch diese drei Worte voll holprigem Akzent.

Später sah ich ihn nur noch selten, manchmal an der Straßenbahnhaltestelle und erst nach dem Abitur begriff ich, dass sie alle gemeinsam zur Hauptschule gefahren waren, von der ich nicht einmal wusste, in welchem Stadtteil sie eigentlich lag. Aber mir schien das damals irgendwie selbstverständlich. Wie ein natürlicher Gang der Dinge.

Wieso er den geschädigten Juwelier denn bedroht habe, fragte der Staatsanwalt, wenn er nicht vorgehabt habe, ihn zu verletzen. Woher der Juwelier denn habe ahnen sollen, dass es sich nur um ein Feuerzeug handelte.

Hier haben wir, rief er im Schlussplädoyer, einen nicht mehr sehr jungen Mann, der seine Tat beschönigt und der glaubt, sich jetzt einfach entschuldigen zu können. Wir können hier und heute, sagte er, nicht in Ihr Herz hineinschauen, deshalb wissen wir nicht, ob Sie wirklich und aufrichtig bereuen. Wir können hier nur Ihr Leben als Anhaltspunkt nehmen. Und darin sieht es nach Reue nicht aus. Die Anwältin dagegen sprach von dilettantischer Ausführung, von nützlichen Deppen, von später Reife und falschen Kreisen, in die er geraten sei. Vom frühen Tod der Mutter und der Schwierigkeit, auf engem Raum mit so vielen Geschwistern zusammenzuleben.

Während Abdelaziz zuhörte, huschte hin und wieder ein leichtes Grinsen über seine Mundwinkel, regungslos saß er ansonsten auf seinem Stuhl. Vielleicht war das Grinsen ein Schild und dahinter das Kinderbedürfnis, in einem Mutterarm aufrichtig zu weinen. Vielleicht aber auch nicht. Das waren jedenfalls Dinge, die über meine logische Konzentration hinausgingen. Dinge, die mit dem Stuckadler und der Struktur des Strafgesetzbuches nichts mehr zu tun hatten.

Als ich mich mit der Kammer im Hinterraum über das Strafmaß beriet, dachte ich an die schwere, marmorne Treppe aus dem Eingangssaal, die ich jedes Mal hochschreiten musste, um zur Verhandlung zu gelangen. Darauf war ich mir, während ich meinen Rücken gerade hielt, jeden Morgen sicher, dass unter uns eine insgesamt elegante Ordnung herrschte, ein sicheres Fundament, das durch meine Entscheidungen nicht grundsätzlich erschüttert wurde.

Ein Freiheitsentzug, sagte ich, muss hier schon her. Ich ließ zwei quadratische Plättchen aus schneeweißem Traubenzucker auf meiner Zunge zergehen. In Anbetracht der Vorgeschichte, sagte ich, wäre es angemessen. Er war schon zu oft mit Bewährungsstrafen davongekommen und ich wollte auch nicht in den Ruf eines übermäßig milden Vorsitzenden gelangen. Nach Abwägung aller Argumente, sagte ich. Der weiße Zucker löste sich bröckelig auf meiner Zunge. Wir entschieden uns für zwei Jahre Freiheitsstrafe, mit Anrechnung der Untersuchungshaft. Als wir wieder den Saal betraten und im Stehen das Urteil aussprachen, waren die Lichter schon weniger milchig. Ein fader Sonnenschein blinzelte in den Saal.

Im Namen des Volkes, sagte ich.

Er nahm das Urteil mit einem Nicken auf, fast so, als konzentriere er sich auf eine Anweisung von mir. Vielleicht glaubte auch er an den natürlichen Gang der Dinge. Sie hatten Ihre Chance, sagte ich. Die Allgemeinheit kann nicht mehr, sagte ich. Ich hielt den metallischen Kugelschreiber fest zwischen Daumen und Mittelfinger. Auf meiner Zunge prickelte noch ein Hauch von dem Traubenzucker. Die Sitzung, sagte ich, ist geschlossen.

Ich ging zur Mittagspause die Treppe hinab, meine geliebte lederne Aktentasche unter dem rechten Arm. Meine Füße fühlten sich leicht an über dem schweren Marmor, der mich nicht betraf.

Inger-Maria Mahlke
3. Kapitel: Potulski I

»Bitte«, sagte er und weil sie sich vor dem dunklen Flur fürchten konnte, griff er an ihr vorbei nach dem Lichtschalter, doch der Lichtschalter war weg. Nur Raufasertapetenhubbel, er tastete höher, Metall stieß gegen Metall – das Schlüsselbrett, weiter unten, nicht da, wie konnte das sein, nur hubbelige Raufaser und er wusste, seine Finger zitterten. »Moment, ich mache kurz Licht«, sagte er. »Damit Sie auch was sehen können«, sagte er und schämte sich sogleich. Eine gerade Kante berührte seine Finger, gerade und plastikglatt und hart, seine Finger glitten über den Sockel, erleichtert sah er hoch. Zur Schale aus weißem Glas mit Glühbirne dahinter. Und zwischen Glühbirne und Schalental, und er war sich sicher, er hatte sie noch nie gesehen, Insektenschatten. Gespreizte Flügelpaare und steife Beine, bullige Wespenkörper, dreieckige Motten, zentimeterlange Nachtfalter, in der Mitte so dicht liegend, dass er die einzelnen Tiere nicht mehr ausmachen konnte. Die Schale gut gefüllt und lange tot und er war sicher, er hatte sie noch nie gesehen.

»Bitte«, wiederholte er und trat einen Schritt zurück, sodass zwischen ihm und ihr eine ausreichende Menge Luft verbleiben würde, wenn sie an ihm vorbeiging. »Bitte« und sie ging an ihm vorbei und lächelte ihm zu und stempelte mit ihren Turnschuhen schwarznasse Rhomben auf seine Dielen und sah nicht hoch.

Nach wenigen Schritten blieb sie im Flur stehen und drehte eine Viertelrunde auf der Stelle. Musterte die Stettiner Hakenterrasse, kupfergestochen, die schwarze Mützenreihe auf dem Garderobenbord, den braunverfärbten Spiegel, ihr Gesicht verschlossen. »Stettin«, sagte er und berührte mit der Hand den dunklen Holzrahmen, »dort bin ich geboren«, er fühlte ein kleines, besitzstolzes Lächeln in seinen Mundwinkeln.

»Wir sprechen nicht über den Krieg«, sie drehte sich eine Viertelrunde weiter, ihre Stimme laut und fest.

Er nahm den einzigen freien Bügel von der Garderobenstange: »Darf ich«, und streckte ihr die Hand entgegen. Kurz war sie ratlos, dann fasste sie nach dem Reißverschluss, sie trug ein schwarzes

T-Shirt unter der Jacke, er war enttäuscht. Ein schwarzes Herren T-Shirt, ein wenig zu groß, ihre Brüste darunter enorm.

»Sagen Sie Jana zu mir.« Sie lächelte.

»Aber ich kann nicht Jana sagen und Sie sagen Sie zu mir«, protestierte der alte Mann.

Frau Potulski lächelte weiter. »Sie können Jana und sie sagen«, sagte sie. »Wie heißen Sie mit Vornamen?«

»Hermann«, sagte der alte Mann, er beschloss, sie weiter Frau Potulski zu nennen, zumindest in Gedanken.

Sie ging den Flur hinab, wandte sich nach rechts, hinterließ schwarznasse Linien auf den Dielen, auf dem weißen Linoleum.

»Das ist die Küche«, sagte er überflüssigerweise, als sie mit der Hand über die weiße Wolldecke des Küchentisches fuhr, mit der Handfläche die Brotkrumen – zwei Mettwurst, zwei Schmelzkäse – an der Tischkante zusammenfegte und sie mit der anderen Handfläche auffing. Ihre Finger, kurz und gut gepolstert, strichen über die hellbeige Arbeitsplatte, nahmen das Messer, mit dem er die Brote geschmiert hatte, vom Rand der Spüle und legten es behutsam ins Spülbecken. Frau Potulski öffnete den Kühlschrank, sah kurz hinein, ebenso in die Hängeschränke, glitt mit den Fingern die Goldränder der Tellerstapel hinab, ihr Gesicht unbewegt, ihr Urteil über das Vorgefundene nicht erkennbar.

»Und dort?« Sie zeigte auf die kleine weißlackierte Tür neben der Spüle, »was ist dort?«

In der ersten Woche in Berlin hatte er es mit Saufen versucht.

Dienstag, vierzehn Uhr sechsundzwanzig war genau richtig um damit anzufangen, entschied er. Er hatte eine Flasche Korn aus dem Supermarkt mitgebracht, Korn war richtig, ein Glas zu benutzen erschien ihm falsch. Er hatte sich an den Küchentisch gesetzt, das Radio angestellt, Brahms, den mochte er nicht, Brahms war auch richtig.

Er hatte sich gelangweilt. Hatte mit dem Daumennagel Linien in die vereiste Flaschenoberfläche gezogen und mit der Größe der Schlucke herumprobiert. Viele kleine, schnell hintereinander, gefielen ihm am besten. Warm war ihm nach einiger Zeit geworden, er saß in einer warmen Hülle, in einer warmen Hülle, an der unten ein Gewicht festgebunden war und das Gewicht zog ihn hinab.

Er tauchte auf und wusste nicht wo, aber weiße Wolldecke war richtig, da gehörte er hin, und die Flasche war auch richtig und Musik war irgendwo, und er war aufgetaucht aus Wärme und versunken gewesen, nein betrunken gewesen und es war dunkel, und er war in seiner Küche und es brannte kein Licht. Vielleicht war es Zeit zu weinen, er hatte die Flasche geschüttelt, es war noch was übrig. Beim Ansetzen stieß er mit dem Flaschenboden gegen die blaue Pfeffermühle, sie schwankte. Er zielte, die Pfeffermühle fiel über die Tischkante, ihr war egal, was ihm geschah, und das Gewicht zog ihn herab.

Später hatte er vor dem Herd gelegen, gekrümmt, im Rücken Schmerzen, im Kopf Schmerzen, Pfefferkörner auf dem weißen Linoleum neben seinem Gesicht. Seine Beine sonnenbeschienen, sonnengewärmt, er war in den Flur gekrochen, weg vom Fenster.

Er hatte es in den folgenden Tagen weiter versucht, mit Whisky, mit Wodka, doch Saufen blieb Langeweile und Wegtreten und nichts dazwischen.

Die Dunkelkammer hatte er in die Speisekammer neben der Spüle gebaut, Abseite nannte sie die Maklerin bei der Wohnungsbesichtigung. Er hatte das längliche Fenster mit schwarzer Folie verklebt, einen Folienvorhang vor die Tür genagelt, hatte Leisten rechts und links in die Wand gedübelt, eine Spanplatte zurechtgesägt und auf die Leisten gelegt, Regalbretter darüber befestigt. Er hatte den neuen Belichter aus seinem Karton, genommen und ihn auf die Spanplatte gestellt, die Entwicklerschalen daneben, die Flaschen ins Regal getan, auch das Fotopapier, auf das er lange hatte warten müssen. Danach war er ins Bett gekrochen, die Knie zittrig, die Handgelenke geschwollen und schmerzend.

»Das ist die Dunkelkammer«, er schob Frau Potulski ein wenig zur Seite, griff an ihr vorbei, drehte den Schlüssel und zog ihn ab. »Da drin entwickle ich meine Bilder«, er steckte den Schlüssel in seine Hosentasche, »da darf kein Licht rein, da darf niemand rein.«

Frau Potulski sah zum Fenster, musterte die fest gespannte Wäscheleine, an der die Regenfotos hingen und zuckte mit den Achseln. Sie ging in den Flur zurück, er blieb dicht hinter ihr. Sie wandte sich nach links, schaltete das Licht im Wohnzimmer ein.

»Sehen Sie«, er zeigte auf das Sofa, »sehen Sie, es ist viel zu klein.«

»Das reicht für mich«, sie drückte mit der Hand prüfend das braune Polster ein, nickte zufrieden.

Breitbeinig stellte sie sich vor die rote Stehlampe, zog an der beigen Seidenkordel, eine der Birnen ging an, sie sah unter den Schirm. »Die anderen kaputt?« Er nahm ihr die Kordel aus der Hand, zog, zwei Birnen, zog noch mal, drei Birnen, zog noch mal, alle aus. Bei jedem Zug nickte sie wie ein kleines Mädchen, dem was beigebracht wird, »gut«, sagte sie, »gut«.

»Sie müssen Ihre Schuhe ausziehen«, erwiderte er, »Sie machen die Dielen schmutzig«, er zeigte auf die schwarzen Rhomben.

Sie kam auf Socken wieder, stellte behutsam die blaue Tasche neben das Sofa. »Frau Potulski«, sagte er so laut er konnte, »Frau Potulski, Sie können nicht –«

»Jana, nicht Frau Potulski, Jana bitte«, lächelte sie, »haben Sie ein Telefon?«

Er nickte.

»Ja? Gut. Darf ich telefonieren? Meine Schwester anrufen?«

»Ja«, sagte er schnell, »ja natürlich, aber Sie können nicht auf dem Sofa –«

»Wegen meinem Pass, ich muss wegen meinem Pass anrufen, verstehen Sie«, sie machte eine kurze Pause, »verstehen Sie, Hermann? Ich muss anrufen, damit meine Schwester einen neuen Pass schickt.«

»Ja, natürlich versteh ich das«, sagte er ungeduldig, »das Telefon ist im Wohnzimmer, bitte«, setzte er dünnlippig hinzu.

Er wartete, bis sie den Telefonhörer abnahm, er leise das Freizeichen hören konnte, und ging ins Bad. Sie würde polnisch sprechen, er würde sie nicht verstehen. Er schloss die Tür ab, das tat er sonst nicht, kontrollierte zuerst das Toilettenbecken, es war weiß, sauber. Die Badewanne war um den Abfluss herum braun verklebt, graue Haare hingen im Abfluss. Im Waschbecken eingetrocknete Fließspuren weißer Zahnpaste, er drehte den Wasserhahn auf, sodass ein dünnes Rinnsal floss, das sie nicht hören konnte. Schwamm und Scheuermilch waren in dem Schränkchen unter dem Waschbecken, seine Ärmel rutschten beim Putzen immer wieder runter, egal wie hoch er sie schob, seine Pulloverbündchen und Hemdmanschetten saugten sich mit Wasser voll. Er wurde wütend, er putzte wegen dieser Person sein Bad, wegen dieser Person, die er nicht eingeladen hatte. Die einfach mitgekommen war. Nein, die ihn einfach mit nach Hause genommen hatte, ihn in sein Zuhause mitgenommen hatte, als wäre es ihrs. Er versuchte den Pulloverärmel auszuwringen, doch es kamen nur einzelne Tropfen, er stampfte, das tat im Knöchel weh.

Auf dem Spiegel winzige Zahnpastapunkte, der Glasreiniger war unter der Spüle in der Küche, er müsste am Wohnzimmer vorbei. Er stellte den Zahnputzbecher und die rote Plastikdose, in der er über Nacht seine Brücke aufbewahrte, zurück auf den Waschbeckenrand. In dem weißen Regal neben dem Waschbecken lag hellgrüne Rasierseife, bartstoppelbeklebt, ein zerzauster Pinsel, die Seborinflasche, ein weißgelber Vaselinetiegel, der Deckel fettverschmiert, eine eingestaubte Niveadose, Q-Tips, ein Wattepaket.

Ganz hinten, zum letzten Mal beim Umzug benutzt, lag zusammengesunken sein schwarzer Kulturbeutel. Er nahm in vorsichtig aus dem Regal, der Reißverschluss leistete keinen Widerstand, der Beutel war leer. Die Zahnpaste ließ er liegen, vielleicht hatte sie keine dabei; die rote Plastikdose tat er zuerst in den Beutel, dann seine Zahnbürste, die Rasierseife, Pinsel, Seborin, Vaseline, die Niveadose wischte er mit Toilettenpapier ab, sie blieb im Regal, ebenso die unbenutzte Kamillenhandcreme, die Watte und die Q-Tips.

(...)

Den grünen Samtsessel benutzte er sonst nicht, der Sessel war zu weich. Wenn er die aufgeschlagene Tageszeitung sinken ließ, konnte er durch den Flur die verschlossene Badezimmertür sehen.

Nachdem sie abgewaschen hatte – »Sie machen nichts, Sie machen, was Sie sonst auch immer machen« – hatte sie an die Dunkelkammertür geklopft und gefragt, ob er noch etwas brauche. Statt den Deutschen Dom zu entwickeln hatte er im Dunkeln gestanden, sich mit einer Hand auf die Arbeitsplatte aufgestützt und ihr beim Abwaschen zugehört. Dem Schwappen des Wassers gegen die Metallwände der Spüle, dem aufgedrehten Wasserhahn, dem dumpfen Zünden des Gasboilers. Hatte versucht, am Klang zu erkennen, ob es Besteck, Gläser, Teller oder Töpfe waren, die aneinanderstießen. Als es ruhig geworden war, einen stillen, unschlüssigen Moment lang, bevor ihre Schritte auf die Dunkelkammertür zukamen, hatte er hastig eine Entwicklerschale und die Dose mit dem Film aus dem Regal genommen und beides auf die Arbeitsplatte gestellt.

»Nein ich brauche nichts«, hatte er geantwortet. Danke, Frau Potulski, aber ich brauche gar keine Hilfe, wollte er hinzusetzen, aber sie sagte: »Gut, dann gehe ich schlafen«, und er hatte still ihren Schritten auf den Dielen gelauscht, wie sie erst ins Wohnzimmer und dann ins Bad gingen. Hatte die Entwicklerschale zurück ins Regal gestellt. Hatte abgewartet, bis sie den Badezimmerschlüssel gedreht hatte, ehe er ins Wohnzimmer ging.

Der obere Rand der Tageszeitung zitterte, je mehr er versuchte die Hände still zu halten, desto stärker. Hinter der Badezimmertür Stille, kein Wasserhahn, keine Klospülung.

Das Geräusch des sich drehenden Badezimmerschlüssels kam so plötzlich, dass er erschrak. Aus dem Zittern des Zeitungsrandes wurde ein Flattern, schnell und papierflach, deutlich hörbar am anderen Ende des Flurs, in der Türöffnung des Badezimmers, in der sie ruhig und ohne zu lächeln stand, das schwarze T-Shirt hatte sie ausgezogen.

Die Träger drückten in ihre fleischigen Schultern. Darunter, weiß, synthetisch glänzend wie ein Panzer und prall gefüllt, die BH-Schalen. Die schwarze Hose hatte sie anbehalten. Ebenso eine beige Nylonstrumpfhose, die sie so weit hochgezogen hatte, dass ihr bleicher Bauch mittig in zwei Wülste geteilt wurde. Eine beige Nylonstrumpfhose, durch die ihr Bauchnabel aussah wie ein seltsam obszönes Loch, viel obszöner als der weiße Panzer.

Ihre breiten Hände griffen rechts und links an ihre Schultern. Sie klappten den weißen Panzer nach unten. »Wollen Sie«, fragte Frau Potulski so ruhig, als hätte sie nur vergessen »einen Tee?« oder »Mittagschlaf machen?« hinten dran zu setzen. Ihre Hände griffen nach hinten, öffneten, ihr Rücken durchgedrückt, den BH-Verschluss.

Ihre Brüste waren groß und natürlich völlig zerstört. Zwei Schläuche, nicht eingesunken, sondern gut gefüllt, hingen hinab bis zum Bund der Strumpfhose. Sahen aus, als wenn sie ein spürbares Gewicht hätten, ihn ekelte es, wenn er sich das Gewicht in seinen Händen vorstellte. Vorsichtig stemmte er sich aus dem Sessel, und ging wohl auf sie zu, denn sie kam näher, in der Türöffnung stehend, ihre Arme hingen ruhig herab, helles Licht fiel aus dem Bad hinter ihr in den Flur.

Er würde sie nicht anheben, nur betasten. Die Brustwarzen waren nach unten gerutscht, zeigten zur Erde. Seine Hand sah absurd aus, seine Hand mit den braunen Altersflecken und den Adernschnüren, bewegte sich vorwärts, schräg nach oben, an dem weißen Regal mit den Handtüchern vorbei, an der Dose mit den Ohrenstäbchen, dem hellblauen Wattepaket. Die Schläuche waren warm, er berührte sie mit den Fingerkuppen, strich hinab, als er seine Augen schloss, fühlten sie sich richtig an. Blitzschnell und aus der Tiefe: richtig.

Er fühlte, dass Frau Potulski ihm ihre Hände auf die Schulter legte, schwere Hände, sie rochen nach der Cremetube mit der Kamillenblüte, und streichelten beruhigend. Störten ihn. »Hast du Kinder?«, fragte er, ohne nachzudenken. Seine Stimme fremd, er machte die Augen auf, das weiße Regal wie immer, die Ohrenstäbchendose wie immer, die Schläuche fremd. Er zog die Hand zurück, oder sie die Schläuche.

»Nein«, sagte sie, »keine Kinder, nicht verheiratet. Wann soll ich Sie morgen wecken?«

Schlafen konnte er nicht. Er lag im Dunklen, ab und an ein Auto auf der Straße, und einmal ein Betrunkener. Aus dem Wohnzimmer nichts. Kein Atem, kein Schnarchen, keine vorsichtigen Schritte, kein Innehalten, kein gedämpftes Türöffnen, kein Geflüster, nichts. Irgendwann stand er auf, ging barfuß zur Tür und drehte den Schlüssel, drehte leise und langsam, damit sie nichts merkte.

(...)

Marie T. Martin
Nachmittag

Ich gehöre niemandem, vielleicht dem Raum, der mich umgibt, und in den ich meine Füße setze. Der sich zwischen meinen Fingern ausdehnt. Ein unerhörter Raum, in den dieser Nachmittag hineinwächst mit seinem Licht und den zitternden Zweigen über dem Tisch mit den Getränken, die da stehen wie eine Versuchsanordnung. Die Männer ordnen ja immer das Leben der Frauen, sagst du mit einem Grinsen und schiebst mir mein Glas zu, und ich sehe in die Zweige, wie früher als kleines Mädchen, als ich noch hörte, was der Wind rezitierte, alte Volkslieder natürlich: *War ein Birkenmädchen schlank und schön, mit seltsam fahlen Wangen, war ein Birkenmädchen blass und schön, musst als Strafe hangen, sprach mit Geistern und mit Engeln, niemals mit den Nachbarbengeln, musste sterben dann dafür, ach, ich seh sie nimmermehr,* und wie der Wind die noch kahlen Zweige bewegt, um den Frühling herauszuschütteln und die Gedanken aus dem Kopf. Das Handy klingelt, und ich stelle es ab für den Nachmittag, dein Meeting morgen und meine Liste der Telefonate, es ist noch Jahre bis morgen, denn die Zeit ist ein gelber Raum, dessen Größe sich unablässig verändert, nicht wahr, und du lachst darüber, dass ich mich als Kind im Auto übergeben habe und erst vor kurzem einen Führerschein gemacht habe, aus Angst ein Kind zu überfahren, noch heute schwankt der Boden ohne Grund, und immer, wenn man sich anlächelt ohne Ziel, gibt es viele Zimmer, die man betreten könnte. Das Eis schmilzt im Glas und vermischt sich schlierig mit der Soße, sicher musst du dich erst selbst finden vor der Familiengründung, sagst du, ruf an, wenn du dich gefunden hast. Ich glaube, es gibt den Kern nicht, nach dem wir suchen, es gibt nur eine Farbe vielleicht, die immer auftaucht, Schicht um Schicht ist alles übereinandergelegt in uns wie eine Lasur, es gibt keinen wahren Grund, denn alle Schichten leuchten zusammen, es gibt nur viele Stimmen und keine eigene. Sie widersprechen sich, die eine reißt das ein, was die andere gerade aufgebaut hat.

Ein strubbeliges Mädchen in zerrissenen Leggings fragt nach einem Euro und hält den Pappbecher hin, du überlegst laut, eine Eigentumswohnung zu kaufen und bemerkst dann den Zusammenstoß, man darf nicht, sage ich, darüber nachdenken, dass jemandem jetzt der Kopf weggeschossen wird, und einem kleinen Kind die Organe rausgerissen werden, weil seine Eltern das Geld brauchen, und wir über unseren wahren Kern weinen und die Wanderung der Seele. Und während die Zweige klackern vom Wind, denke ich an den Rosenkranz meiner Großmutter und wie die Perlen klickerten in ihren runzligen Händen, aber stell dir vor, es gäbe einen Gott und er wäre tatsächlich eifersüchtig, stell dir vor, alles ist beseelt und du missachtest die Dinge, die Rinde, das Wasser, stell dir vor, es hat alles überhaupt keinen Sinn und du bist ein Tier wie jedes andere auch und frisst und schläfst, bis du zerfällst und die Würmer dich annagen. Und während die Perlen am Rosenkranz klickern, habe ich das Gefühl, sie würde hinter mir stehen und lächeln, und plötzlich tropft eine Träne in den Eisbecher. Wenn da jemand sitzt, der deine Haut aufreißt, fällt alles heraus, wie aus einem vollgestopften Müllbeutel, in den jemand hineinsticht, ein gelber Sack voller Erinnerungen, völlig unzuverlässig und ungeordnet, diese Erinnerungen an Dinge, die ich nie gesehen habe: diese schwarzen Zinnen, diese Alleen, diese Musik eines Saiteninstruments mit Pferdehaaren, du lachst, aber ich habe manchmal plötzlich die Erinnerungen von Menschen, die neben mir sitzen, und wenn ich in Hotels schlafe, steigt etwas aus dem Kissen, das in meinen Träumen herumgeistert. Ich bringe immer meinen eigenen Kissenbezug mit. Und diese Freundin, die in Thailand in einem schicken Stelzenbungalow wohnte, und schreiende Münder im Traum sah, schreiende Münder und Hände in Ketten und Schläge und blutige Rücken und Schreie, sie musste in ein anderes Hotel umsiedeln, weil sie jede Nacht schweißgebadet aufwachte und nicht wieder schlafen konnte. Später erfuhr sie, dass das Holz, aus dem der Luxusbungalow gebaut war, von einem Gefängnis stammte, stell dir vor, auch das Holz speichert die Erinnerung, und die Wände, Böden und Brunnen, die Erde, die Bäume, meine Handflächen, deine. Vielleicht ist der Tod, sagst du und grinst, nur wie ein Abfluss und alles wird in einem Strudel eingesaugt mit einem schmatzenden Geräusch und kommt in die universale

Kläranlage. Ich will, sage ich, einen Klarspüler für die Seele, hier und jetzt. Und eine Taube kackt sofort auf unseren Tisch, und wir lassen das so stehen als Zeichen dafür, dass alles miteinander kommuniziert, die sich unablässig beißenden Hunde unter dem Tisch gegenüber und die flatternde Serviette, die über den Platz geweht wird und sich hochschwingt, in die Zweige hinein und dort hängen bleibt, die weiße Fahne, die Taube mit dem Ölzweig im Schnabel, Wasser wird knapp, sage ich, also trink schön dein Glas aus. Ein Mann verkauft Narzissen, du kaufst mir sieben Stück, und ich habe einen Leuchter im Arm: sieben Kerzen, die durch den Tag leuchten, und am Nebentisch ruft jemand, dass diesen Bilanzen niemals zu trauen sei, niemals, und eine Frau sagt, es ist einfach nicht genug. Es ist nie genug. Niemals. Und ein Krug wird hauptsächlich aus dem leeren Raum gemacht und nicht aus Keramik, hör schon auf, sagst du, und iss einfach das Eis, man weiß nicht einmal hinterher, ob Entscheidungen richtig waren, es gibt nur eine Entsprechung im Inneren, eine Spur, an der man nah dran sein kann oder von der man sich zu weit entfernt hat. Vielleicht ganz spät, so stelle ich mir vor, wenn man auf einem Balkon steht oder in einem frisch verputzten Hausflur, wird alles plötzlich deutlich wie bei einem impressionistischen Gemälde, an dem man bis jetzt zu nah dran gestanden hat. Man ist ein paar Schritte zurückgetreten und sieht, wie sich Dinge aus den Flecken formen, Häuser, Gestalten, das Dach eines Bahnhofs. Alles flirrt, alles ist sich ähnlich, der Tisch unterscheidet sich nicht wirklich von deiner Hand und nicht wirklich von dem Mobiltelefon, und im Allerinnersten ist doch alles hauptsächlich: Nichts. Die Serviette flattert, durchtränkt vom Licht, das in alle Poren sickert, ich fahre dich nach Hause, sagst du, aber das sind 200 Kilometer, will ich widersprechen, Widerspruch ist meine Art des Glücks, obwohl ich finde, dass eine Dame nach Hause gebracht werden sollte. *Wohin gehen wir? Immer nach Hause.* Die Kopf- und Herzlinie sind parallel, stelle ich mit einem Blick auf deine Handinnenfläche fest, Emotion und Intellekt ungefähr gleich stark, und was ist mit der Lebenslinie? Mit einem Mal steht es wieder entsetzlich und endgültig vor Augen: dass ich meinen Tod nicht kenne. Die W-Fragen werden in dieser Geschichte ungeklärt bleiben (Ich wollte auch niemals in eine Kristallkugel schauen, um es zu erfahren.) Gott als Erzähler, sagst du, ich bin

Agnostikerin, sage ich, und lese aus den Schokoladenschlieren die Zukunft: ja die Gegensätze zwischen Arm und Reich, ja und die Chips im Kopf die Roboterseele ja und die Bungalows auf dem Mars und und das Herz genauso weit entfernt ja und die Panzer auf allen Straßen ja und die Datenbank für die Gedanken und jaja keine Polkappen und ja all die aussterbenden Sprachen und Völkermorde und die outgesourcten Kindergartenkinder und der wütende Aidsvirus und die im Stacheldraht hängen bleibenden Flüchtlinge und die durchschossenen Körper und die und dass es so kackegal ist so dermaßen kackscheißegal dass jede Minute sinnlos gestorben wird und gefoltert und *come your masters of war* auf einer ausgeleierten Kassette. Und diese Träume, in denen einem Stacheldraht um den Hals gewickelt wird und dann zugezogen. Wenn man aufwacht, ist alles nass von Tränen, man kann nicht atmen, das Herz rast, und diese Träume von Seen, die sich rot färben von Blut, und diese Träume von Leichenbergen, und dieser komische Film, in den einen jemand hineingeschnitten hat und man bewegt sich wie ein Roboter und lächelt und lächelt, bis alles wehtut, und man unterschreibt Papiere und heftet Honorarabrechnungen ab, und schickt der Krankenversicherung Rechnungen für Rückerstattungen, und meldet das Telefon um und den Strom (Atom) ab, und beantwortet höflich Fragen nach der Familiengründung, und hört von den aufgeschlitzten Mädchen im Wald und hat große Lust, auch eine lächelnde Wanderfamilie zu haben, die durch den sauren Regen mit ihren Butterbroten geht, mit Hühnersandwiches (Hühner werden vergast, bevor man sie ausbluten lässt), und alle scheinen wie die Sonnen und sprechen nicht miteinander. Und es ist immer schrecklich jemanden zu lieben, weil die Angst genauso groß ist, denn die Vorstellung, die andere Seele reiste nach dem Tod ganz woanders hin und man hätte nie wieder eine Chance sich zu begegnen, ist unerträglich und kann kaum gedacht werden.

Sieben Narzissen, die durch den Tag leuchten, und dass man immer möchte, dass einem etwas versprochen wird, dabei heißen morgen alle Dinge anders, und auch der Stadtplan ist ein völlig anderer, und wird, werden das Auto nicht mehr wiederfinden und andere Erinnerungen haben.

Und die immergleiche Ellipse der Tauben in dem Dorf, in dem jemand aufwuchs, der aussah wie ich als Kind, ein Mädchen, das mit mir zu tun haben musste, diese immergleiche Bewegung, die ich vom Küchenfenster aus sah, und wie die Vögel in einem bestimmten Moment, einer bestimmten Drehung unsichtbar wurden vor dem Himmel. Und der Vogelkot auf dem Tischchen neben der Kaffeetasse und deiner Hand, wie kam es dazu, dass genau diese drei Dinge nebeneinander liegen genau jetzt? Gesetze, Einmärsche, Herbst und Winter, leere Felder, ein russischer Soldat, der in einem Innenhof sein Gewehr putzt, vollgestopfte Züge, Kleider aus Vorhängen, Care-Pakete mit Teddybären, ein Atlas, der sich auf- und zuschlägt, eine Uhr, die sich weiterdreht, ein Junge, der Tischtennis spielt und auf einen Block kritzelt, ein Mädchen, das Einrad fährt und sich Ahornsamen auf die Nase steckt, und so viele Tage und Wolken und so viele Abgase und Werbeplakate und so viele Telefonate und Müllbeutel und Zahnfüllungen und Zeitungsseiten, so viele Handtücher und Fahrkarten, so viele Kalenderseiten und gebrannte CDs und Messer, die über Brotscheiben fahren, und ein Kopf, der sich auf ein Kissen legt, und Linien, die sich verflechten und sich kreuzen, einfach so, an einem Sonntag auf der nördlichen Seite der Welthalbkugel in einem Universum, das sich ausdehnt, und in der Nähe einer riesigen Gaskugel, um die wir uns drehen, wir drehen uns um uns, denn so entstehen Tag und Nacht und die Schatten auf deinem Gesicht, und nachts reist die Seele durch die Gegend und erzählt komische Dinge und spricht in Bildern zu dir, und du blickst nicht durch und fragst dich, warum es keinen Drucker gibt, aus dem Traum und Interpretation hinausfließen, du könntest den Drucker abends an dich anschließen und wärst erstaunt, was du alles weißt. Birkenpollen, dagegen seiest du allergisch, sagst du, und zu laute Stimmen, dagegen bin ich auch allergisch, und eine insgesamte Allergie gegen: herumfliegendes Geschirr, zuknallende Türen, Blut, das auf die Straße fließt, Stiefeltritte, und ich möchte sofort eine Haut bestellen und keinen flavoured Cappuccino, und ich bestelle mir eine dicke Haut zum Überziehen, flavoured mit Gelassenheit und ganz viel Stille, die zwischen die Rippen tröpfelt, und du bestellst dir einen Reflektionsminimierer, der so ähnlich funktioniert und aussieht wie ein Handstaubsauger, damit kann man wieder aus dem Bauch heraus handeln, das ist doch was. Und dieses Seminar, das wir besucht haben mit dem Titel *Wie wir werden was wir sind*, Untertitel *There and back again* und auf dem wir mehrstimmig ein Lied sagen *Oh I was so much older than, I am younger than that now* und am Frühstücksbuffet weinten, weil uns Blumen aus den Fingern wuchsen, das war schon enorm, und ich denke, dass der Nachmittag mit der weißen Serviette im Geäst nie mehr aufhört, und dass meine Großmutter noch eine ganze Weile lang zwischen den Sternen hin- und her reisen wird, und dass plötzlich ein Zimtstern neben dem flavoured Cappuccino liegt, den niemand dort hingelegt haben kann, weil niemand an unserem Tisch war, und dass du einen Ball über den Platz wirfst, der in deiner Handfläche gewachsen ist, und den ein kleiner Junge fängt, der sich abwendet, weil er nicht gesehen werden will, und wie über den Platz gebückte Gestalten gehen mit staubigen Mänteln und Taschen, und wie eine junge Frau dabei ist, die ein winziges Mädchen mit von Ruß geschwärztem Gesicht im Arm hält, dieses Mädchen muss meine Mutter sein, deren Haut nach dem langen Zugtransport ganz schwarz war, *Ich hab grad gemeint, ich hätt ein Kohlestück im Arm*, sagt Großmutter mit brüchiger Stimme, und die Sonne, die die Gestalten wieder verwischt, und dein Lachen, das den Zeiger auf dem Zifferblatt anhält, dir steht die Vertreibung doch auch im Gesicht, sagst du, manchmal liest du zwischen den Augen, dass es erschreckt. Gott als Erzähler, ich bin Agnostikerin. Man kann keine Geschichte überblicken, in der man nur eine Figur ist, man tut etwas, das man für richtig hält, und auch wenn man gerne sekundenlang nichts tun würde, atmet man doch, schlägt das Herz und pumpt Blut, rauscht es in den Ohren, dieses Meer, rasen die Gedanken, der Affengeist von Ast zu Ast, es ist der Raum zwischen den Naben, der die Speichen trägt, es ist die Stille zwischen den Worten, aus der sie wachsen, es sind die vergangenen Tage, aus denen diese hier entstehen, es sind die übereinander gelegten Schichten von Farbe, die diesen ganz bestimmten Ton erzeugen, und selten gelingt es doch, dass für den Bruchteil einer Sekunde nichts gedacht wird, und darin wächst der Raum bis in die fremdesten Galaxien.

Claudine Muller
Erdbeerenzeit

Seit Omas Tod ist Opa wieder der Alte. Mutter glaubt, er hat sich in die Polin verliebt. Mutter nennt sie immer die Polin, doch eigentlich heißt sie Ivona.

Rosa Lackschuhe mit hohen Absätzen! Die hat Opa Ivona geschenkt. Einfach so. Mutter ist empört. Sie erzählt mir, wie sie an Opas Haustür klingelte und klopfte, niemand ihr öffnete. Also ging sie um das Haus herum, in den Garten, in dem nun wieder Erdbeeren wachsen. Die Hintertür stand offen. Laute Musik dröhnte ihr entgegen. Zu laute Musik für Opas Haus. Und dann stand sie da, in der Küche, der gleichen Küche, in der sie als Kind jeden Morgen Haferbrei schlürfte, und sah Opa mit der Polin. Sie tanzte. Sie wirbelte wild um ihn herum. Mutter schaltete das Radio aus. Ivona fiel ihr in die Arme, guck mal, Mika, schöne Schuhe, die hat Opa mir gekauft! Dabei drehte sie sich einmal herum, so wie die Models das immer auf der Bühne machen. Rosa, sagte Mutter, und Lack!

Seit Oma tot ist, macht Opa ständig Witze. So wie früher. Lachen ist gesund, sagt er. Wenn wir nicht mehr lachen können, dann schneiden wir uns besser gleich die Kehle durch.

Stundenlang kann ich mir Opas Geschichten anhören, auch wenn ich sie bereits zum tausendsten Mal höre. Er erzählt dann, wie er als kleiner Junge in der Schule statt »Heil Hitler« »Ein Liter« gesagt hat, dafür dann ordentlich Prügel bekam, als Friseurlehrling mit dreizehn einem Mann das halbe Ohr wegrasiert hat, dafür dann auch Prügel bekam. Jedes Mal bringt er mich wieder zum Lachen, und ich denke: So wie Opa will ich auch einmal auf mein Leben zurückblicken können. Mit Humor.

Über Oma redet er nie. Und auch nicht darüber, dass sein Vater von den Deutschen umgebracht worden ist, weil er Franzose war, und dass seine Mutter ihn mit sechs Geschwistern im Stich ließ. Das hat Mutter mir anvertraut.

Wenn Ivona viel lacht, dann muss sie immer weinen. Gekrümmt schnappt sie nach Luft, schüttelt den Kopf und will sagen – aber die Worte kommen nicht heraus – Opa, hör auf! Ihr Gesicht schwillt an, die Tränen fließen nur so die geröteten Backen hinunter und das motiviert Opa, noch einen Zahn zuzulegen. Er ist der perfekte Clown: Schneidet Grimassen, ahmt die alte Dame mit dem kleinen Pudel aus dem Supermarkt nach, hüpft rum.

Mutter sitzt schweigend am Küchentisch. Sie sieht traurig aus. Ich frage sie, warum sie denn so traurig ist. Ach, das könnte ich ja nicht verstehen. Wir trinken einen Schnaps und wie immer, wenn wir Schnaps trinken, sagt Mutter: Dieser Schnaps ist fünfundzwanzig Jahre alt, den hat Oma gebrannt. So einen guten Schnaps findet man heute nicht mehr. Und dann schießt es aus ihr heraus: Diese Polin, die ist falsch, sie zieht Opa das Geld aus der Tasche, und Opa ist zu dumm, um das zu sehen. Opa ist nur froh, jemanden zu haben. Er hat Angst, alleine zu sein, deshalb die rosa Lackschuhe und so. Ihre Augen sind geschwollen, sie schluchzt, wischt sich mit einem Taschentuch die Tränen von den Wangen. Der schwarze Lidschatten hat sich über ihr ganzes Gesicht verteilt. Sie tut mir leid, aber ich weiß nicht, was ich sagen soll. Also sage ich: Hier Mama, trink noch einen Schnaps. Mutter beginnt wieder zu weinen, und ich weiß, sie weint wegen Oma.

Nach dem Schlaganfall schrie Oma wie am Spieß, Tag und Nacht. Valium, Morphium, nichts konnte sie beruhigen. Niemand konnte sie zähmen, keiner wollte sie haben. Die Ärzte waren ratlos, setzten Oma einfach auf die Straße. Mutter sagte, Oma sei eine harte Nuss. Stur, so stur. Im Seniorenhaus schlug sie die Aufseher und schrie so lange, bis man sie auch dort vor die Tür setzte. Also kehrte Oma zurück nach Hause. Doch niemand hatte Zeit, sich um sie zu kümmern, also ließ man eine Hilfe aus Polen kommen. Die erste, Cristina, war ein nettes junges Mädchen. Sie hielt es drei Wochen aus. Die zweite, ich weiß nicht mehr wie sie hieß, war eine robustere Frau, eine gute Köchin. Doch nach einem Monat sagte sie, sie leide an Depressionen.

Die dritte ließ sich von einem wohlhabenden deutschen Bauern schwängern, und wohnt jetzt in der Nachbarschaft. Manchmal kommt sie noch zu Opa, um einen Kaffee zu trinken. Die vierte, Ivona, ist geblieben. Sie hat Oma sterben gesehen.

Opa mag Ivona offensichtlich sehr. Er lobt sie in den Himmel. Jeden Morgen steht er um sieben auf und bereitet das Frühstück vor: eine Königsmahlzeit, so nennt er es. Kaffee mit Sahne, Butterbrote, Käse und Marmelade. Manchmal gibt's auch Eier. Dann wartet er auf Ivona, die etwas später herunterkommt. Doch die isst nichts, sie trinkt nur schwarzen Kaffee und raucht. Morgens habe sie keinen Hunger. Darüber regt sich Opa immer wieder auf: Nicht gut für den Magen, sagt er, und dabei hat man ihr bereits die Hälfte des Magens weggeschnitten. Wie meinst du das, Opa, frage ich neugierig. Na, Krebs.

Ivona schlägt die Zeit damit tot, Zigaretten herzustellen. Sie hat ihre eigene kleine Fabrik: eine Klappmaschine, Blätter und Filter. Stolz zeigt sie mir, wie sie das macht: »Ganz einfach, Susi, du machst Tabak rein und schwupp! Fertig!« Sie hält mir die frisch gestopfte Zigarette vor die Nase, dreht sie einmal herum. Ja, sieht perfekt aus. Davon habe sie heute schon fünfundzwanzig gemacht, ein ganzes Paket voll! Das spare viel Geld und sie schmeckten gut, versichert sie mir. Wir blasen den Rauch in die Luft. Ivona hat eine Tochter, die ist so alt wie ich. Sie zeigt mir ein Foto auf ihrem Handy, auf der man sie aber nur schlecht erkennt. Ein Schattengesicht mit langen braunen Haaren. Bildhübsch soll sie sein, versichert mir Ivona seufzend. Bereits verheiratet, und zwei Kinder. Sie zündet sich die nächste Zigarette an. Susi, du musst mich besuchen kommen nach Polen, sagt Ivona, ich habe ein schönes Haus am Meer, mit einem großen Garten. Sie lächelt, kleine Fältchen formen sich um ihre Lippen.

Morgen fährt sie mit dem Bus zurück nach Polen. Die Strecke hat Ivona schon oft gemacht. Drei Monate arbeitet sie bei Opa, dann fährt sie wieder nach Hause. Obwohl ich das ja alles weiß, erzählt sie es mir trotzdem noch mal. Aufpassen müsse sie nur an der Grenze, jetzt wäre es nicht mehr so schlimm, aber früher habe sie das Geld immer in der Unterwäsche versteckt. Doch auch da war es nicht immer sicher. Eine Flasche Wodka dabeizuhaben, das war der Trick, sagt sie lächelnd. Plötzlich steht sie auf, geht zum Garten, zeigt auf die Erdbeeren, die unter großen grünen Sträuchern hervorschauen. Sie sagt, sie habe viel im Garten gearbeitet, sie liebe Gartenarbeit. Der Johannisbeerstrauch ist bereits kahl gepflückt, Marmelade habe sie daraus gekocht. Die Gläser stehen in Opas Keller, als Vorrat. Ivona wirft einen zufriedenen Blick auf die Erdbeeren, dann pflückt sie zwei, eine gibt sie mir, die andere steckt sie sich in den Mund. Susi, wirst du dich um den Garten kümmern, wenn ich weg bin? Ich verspreche es ihr.

Mutter bringt einen Sack mit alten Klamotten, in die sie nicht mehr reinpasst. Für Ivona.
Opa macht heute keine Witze. Er hat Angst, Ivona kommt nicht mehr zurück. Mutter lacht, sie freut sich ihre alten Kleider endlich loszuwerden. Jedes einzelne Stück nimmt sie heraus und hält es Ivona vor die Augen: Anprobieren! Ivona geht ins Nebenzimmer, kommt in einem gelben Rock, einem schwarzen Pullover, einer braunen Jacke zurück in die Küche. Mutter ist begeistert: Oh! Sehr schön! Ich wünschte, ich hätte deine Figur! Ivona lacht, und dreht sich einmal herum, aber irgendwie scheint es ihr nicht so wirklich zu gefallen. Sie tut nur so als ob, um Mutter nicht zu kränken. Opa nickt nur, schält weiter Kartoffeln. Das macht er hochkonzentriert. Auf dem Tisch hat sich bereits ein kleiner Berg Kartoffelschalen angehäuft.

Im Garten steht ein großer Zwerg mit einer roten Nase, der mich frech angrinst. Ich ignoriere ihn und pflücke Erdbeeren. Sie sind groß, saftig, zergehen im Mund. Schmecken nach Erde. Das letzte Mal, dass ich hier Erdbeeren gepflückt habe, ist schon sehr lange her. Ich erinnere mich noch ganz genau daran, wie meine Schwester und ich uns um die Erdbeeren stritten. Sie hatte die größten und schönsten eingepackt und mir nur die kleinen übrig gelassen, die noch halb grün waren. Also habe ich ihr den Korb geklaut und bin weggerannt. Sie lief mir natürlich schreiend hinterher, ich bekam Panik, überquere die Straße, sie mir hinterher. Es ging alles so schnell. Meine Schwester stolperte über einen Stein, fiel auf die Straße. Ein Auto kam angerast, es bremste zu spät. Ich sehe sie noch auf dem Asphalt liegen, sehe noch die kleine Pfütze Blut, die sich um sie herum bildete. Seitdem gab es keine Erdbeeren mehr zu Hause.

Opa kommt aus der Küche, er muss mich gesehen haben. Ah Kind, sagt er, das ist gut, dass du die Erdbeeren pflückst, sonst verfaulen sie noch. Ivona hat sie zwar gesät, mag sie aber nicht und deine Mutter … Er schweigt, blickt zum Gartenzwerg. Ich lege meinen Arm um seine Schulter und sage, die Erdbeeren seien sehr lecker. Wir stehen schweigend da, der Wind bläst uns ins Gesicht. Ich schaue den Wolken am Himmel zu, wie sie vorbeiziehen. In diesem Moment wird mir plötzlich bewusst, wie schnell die Zeit vergangen ist. Menschen kommen und gehen. Das Leben geht weiter, auch ohne sie. Ich drücke Opa etwas fester an mich. Er gibt mir einen Kuss auf die Stirn und sagt: Du solltest sie waschen, bevor du sie isst.

In der Küche ist es ruhig. Sehr ruhig. Ivona hat die Schuhe vergessen, sagt Opa. Er verschwindet einen kurzen Moment und kommt mit den rosa Lackschuhen wieder zurück, die er wie wertvolle Goldstücke auf beiden Händen trägt. Er stellt sie mir vor die Füße und lächelt wie ein kleiner Spitzbube. Ich schlüpfe rein, drehe mich einmal im Kreis, wie eine Ballerina. Opa klatscht begeistert in die Hände. Schön! Darin bist du richtig schön, versichert er mir. Ich greife nach seinen Händen, komm Opa, tanze mit mir. Moment, sagt er, und schaltet das Radio an. Dreht es laut auf. Ein schrecklicher Popsong dröhnt aus den Lautsprechern, doch die Musik ist mir in diesem Moment egal. Wir hüpfen in der Küche herum wie kleine Kinder. Ich knicke immer wieder um, weil mir die Schuhe viel zu groß sind. Opa fängt mich jedes Mal auf.

Erschöpft lassen wir uns nach einer Weile auf die Küchenbank fallen. Opa schnappt nach Luft.
Gerade in diesem Moment kommt Mutter herein. Ich denke, na, da hast du mal was verpasst! Und sage: Hey, schau mal, Opa hat mir die rosa Lackschuhe geschenkt! Doch Mutter interessiert sich heute nicht für die Schuhe, sie zeigt auf die Erdbeeren, die pitschnass im Waschbecken liegen und fragt entsetzt: Wer hat die denn hergebracht? Ich sehe, wie sich ihre Augen mit Tränen füllen, stehe auf, um sie zu umarmen, knicke um und falle der Länge nach vor ihr auf den Boden. Mutter lacht lauthals los.

Pyotr Magnus Nedov
Maxime # 209

Daniel Čapek war von dem Gedanken besessen, ein Star zu werden. Eine Berühmtheit in irgendeiner Sparte des Showbusiness. Am liebsten in der Musikbranche.
 Seit Jahren spielte er in der Punkband »Living Lâche«, deren letztes Album von der Kronenzeitung als »Partyplatte für trinkfeste Irlandliebhaber mit Affinität zu funkigen Melodien« bezeichnet wurde. Die Band hatte es nach acht Jahren endlich geschafft, einen Plattenvertrag beim absolut unbekannten Sub-Label der auch wenig bekannten »Problembär Records« zu bekommen. Dies konnte man jedoch schwer als Karrieredurchbruch bezeichnen.

Čapek hatte sich zwei blaue Raben auf der Brust, einen Stern auf dem Unterschenkel und einen roten Drachen auf der Schulter eintätowieren lassen. Er trank viel und oft, schrak vor Schlägereien und abstrusen Wetten mit akuter Körperverletzungsgefahr nicht zurück, hatte sich lange Haare wachsen lassen, die er üblicherweise als Zopf trug, was ihm das Aussehen eines gutmütigen Reptils gab. Er hatte sämtliche Metal-Festivals Europas abgeklappert, ging regelmäßig auf mittelalterliche Ausgrabungen, sprach fließend Walisisch, gab Konzerte in der Underground-Szene Wiens, war Gaukler bei »Turba Ferox« und Verteidiger eines Fußballclubs mit eher zweifelhaftem Ruf, der auf den skurrilen Namen »Die Benkobande« getauft wurde. Čapek hatte zudem die Hand Fidel Castros als Vertreter der österreichischen sozialistischen Jugend in Kuba geschüttelt, ließ sich in den Ferien in der Karibik zum Taucher ausbilden und war mit einer bisexuellen Ägyptologin verheiratet, die Schlangen züchtete und eine Vorliebe für kleine Rucksäcke in Sargform mit verkehrtem Kreuz hatte. All dies trug Čapek das Image eines »enfant terrible« ein.

Das Problem war aber, dass Daniel Čapek schon auf die dreißig zuging und immer noch nicht reich und außerhalb der spontanen, rauen Welt der Wiener Indie-Szene auch nicht berühmt war. Hinzu kam noch die altersbedingte Streichung der Familien- und Studienbeihilfe, was Čapek dazu zwang, Umfragen für Joghurtsorten zu machen, verschiedene Allergiestudien im Wiener AKH über sich ergehen zu lassen und sogar als Bürokraft in der Zahnarztordination seiner Mutter auszuhelfen, was so ganz und gar nicht zu seinem Lebensstil »à l'enfant terrible« passte.

Als er irgendwo in den Katakomben des Ragnarhofs die Anzeige gelesen hatte: »are you crazy? are you open-minded? are you an artist? do you have a cool lifestyle? are you vegetarian? then you are MY FREAK and should read further!« hatte sich Čapek deswegen sofort angesprochen gefühlt und sich bei der Holländerin Christine van Saant, der Absenderin der Annonce, gemeldet.

Genau eine Woche später betrachtete Čapek fasziniert die Modulation von Schumachers Lippen, der im Leseraum für Indogermanistik der Universität Wien aus »Die vier Zweige des Mabinogi« rezitierte, als sein Handy zu läuten begann, mit einem Schlag die tadelnden Augenpaare aller Anwesenden auf sich richtend. Čapek entschuldigte sich, entfernte sich aus dem Leseraum und nachdem er mit Christine van Saant einige Sätze auf Englisch gewechselt hatte, setzte sich Čapek unverzüglich mit sowjetischem Enthusiasmus in Bewegung, davon überzeugt, seinem Traum von Ruhm und Berühmtheit entgegenzulaufen.

In der Höhe des Instituts für klassische Archäologie bemerkte ihn sein Freund Thomas Goldhofer, der dort einige Späteisenzeitfunde von Professor Neubauers Schwarzenbach-Grabung katalogisieren musste.

»Ich hoffe, du hast einen guten Grund, dass du jetzt Schumachers Vorlesung schwänzt … Die Prüfung ist am Montag, Daniel!«, rief der Archäologe Čapek hinterher, der wie ein Wirbelwind an ihm vorbeisauste.

Lubo Banja, mit Spitznamen »Mokrý«, war in einem flexibel konfigurierbaren Ford Transit Kastenwagen in Dúbravka Richtung Lúky unterwegs. Neben ihm saß der arbeitslose Soziologe Vladko Smutný und blätterte in einem dünnen Ordner.

Der Motor ratterte monoton, während endlos scheinende bewohnbare Monumente des sozialistischen Realismus, die gleichzeitig abschreckend und geheimnisvoll anziehend wirkten, an den beiden Slowaken vorbeizogen.

»Was ist dieser Štefek für ein Mensch überhaupt?«, fragte Vladko, den Kopf vom Ordner nicht hebend. Lubo zündete sich eine gefälschte slowakische »Miller« an.

»Ein Versager. Das ist doch ganz klar ... Langweiliger und schlecht bezahlte Büro-Hilfskraft bei ›Slovnaft‹ ... Geldsorgen wegen der Krise, Kredite und so ... eine kleine Wohnung auf der Štefanikova ... ein Konformist ...«

»Und dann verliert er das Bewusstsein ... wie und wann passiert das?«

»Als er zur Stoßzeit auf der Obchodná unterwegs ist. Da wird er angerempelt, läuft gegen eine massive Eiche. Und verliert das Bewusstsein. Leute gehen an ihm vorbei und tun nichts. Lassen ihn liegen ... keine Sau interessiert Štefek, der da auf der Straße liegt. Dann kommt der andere ins Spiel ... der Ausländer.«

»Der Künstlerfreak?«

»Ja, genau der. Der Freak geht an Štefek vorbei. Sieht sich um. Als er sich unbeobachtet fühlt, untersucht er seine Taschen. Nimmt Štefeks Geldbeutel aus seiner Hosentasche. Und sieht sich die Geldbörse an.«

»Hmm ... und was passiert mit Štefek?«

»Štefek wacht in einer Küche auf. Angebunden. An einem Sessel. Der Ausländer steht vor ihm mit einem Messer ...«

»Und ... ersticht ihn ...?«

»Und ... öffnet eine Sprottenkonserve damit.« Lubo lacht.

»Und was passiert in der Küche?«

»Štefek entdeckt die Welt des Künstlerfreaks und seiner Freude hier. Der Freak hat ihn dorthin gebracht, um ihm zu helfen, verstehst du? Da wird Štefek mit seiner Vision der Dinge konfrontiert.«

»Und wo ist der Konflikt?«

»Das ist ja doch klar. Štefek ist ein Repräsentant unserer kapitalistischen Konsumgesellschaft. Er ist ein Konsument, der keine Fantasie und keine Spur von marxistischem Gedankengut und so weiter hat. Da wird er konfrontiert mit seinen Werten ...«

»Ist es nicht ein wenig simplistisch, sprich Schwarz-Weiß-Malerei?«
»Also, Vladko, spiel jetzt nicht den Klugscheißer. Ich kann mir die Welt sehr gut als schwarz-weiß vorstellen. Es gibt die Štefeks die schwarze, traurige und pessimistische Seite und es gibt Leute mit Visionen, wie du und ich, die weiße, helle Seite.«
»Ist der Künstlerfreak deiner Meinung nach also ein Visionär?«
»In gewisser Weise schon. Er ist ein Nonkonformist und Lebenskünstler. Ein Mensch mit Fantasie. Und er gibt Štefek die Wahl zwischen seinem alten und einem neuen Leben.«

Ondrej Štefek hatte die erfolgreiche holländische Filmemacherin Christine van Saant beim Artfilmfest in Trenčianske Teplice kennengelernt. Er ahnte es damals gar nicht, dass die Erzählungen von seinem nicht einfachen Leben im Schwimmbad des Hotels »Krym«, die eigentlich die Holländerin dazu bringen sollten, sich Štefek hinzugeben (egal, ob aus Mitleid oder aus Mutterinstinkt), Christine vielmehr dazu inspirieren würden, einen Film über Štefek zu machen.

Christine hatte konspirativ gelächelt und Ondrej versprochen, sich persönlich seines kleinen Problems mit Bronislav anzunehmen, mit der Bedingung, dass sich Štefek bei der Produktion von Christines neuem Film »Vratný Mechanizmus« beteiligen würde. Die Zusage Štefeks nahm Christine sehr wörtlich und bereits einige Tage später musste er sich von einem gewissen Lubo mit Spitznamen »Mokrý« und vom arbeitslosen Soziologen Vladko Smutný unter Christines Anleitung beim Aufstehen filmen lassen.

Darauf folgten Drehs, die ihn aus jeder nur erdenkbaren Perspektive beim Betreten und Verlassen seines Arbeitsplatzes bei »Slovnaft« zeigten (er musste deswegen jeden Tag früher aufstehen und auf seine Mittagspausen verzichten). Schließlich drehten sie noch eine Szene auf der Obchodná, wo Štefek glaubwürdig simulieren musste, wie er gegen eine massive Eiche läuft, das Bewusstsein verliert und vom skurrilen Künstlerfreak Čapek beklaut wird.

Als Štefek es bereits bereute, sich jemals auf Christine eingelassen zu haben, erreichte ihn die freudige Nachricht, dass sie sich nun Bronislavs annehmen würden.

An einem Samstag um genau 13 Uhr 40 ging Ondrej Štefeks Problem-Mitbewohner Bronislav seiner Lieblingsbeschäftigung nach. Letztere bestand darin, stundenlang auf dem WC bei nicht abgesperrter Tür zu sitzen und die slowakische Übersetzung von Prousts »À la recherche du temps perdu« laut vor sich hin zu lesen.

Sehr zufrieden war Bronislav damit, dass er den leichtgläubigen und herzensgütigen Štefek dahingehend manipulieren konnte, die Miete nicht zu bezahlen. Alle diesbezüglichen Bitten und herzzerreißenden Appelle Štefeks, wenigstens einen Teil der Energiekosten zu übernehmen, hatte Bronislav in Luft zerschmettert und ihm sogar damit gedroht, den Behörden mitzuteilen, dass der »Slovnaft«-Angestellte Ondrej Štefek Teile seiner Dienstwohnung vermietete, obwohl dies ihm ausdrücklich untersagt war.

Absolut überrascht wurde Bronislav, als sich die Klotür um 13 Uhr 40 unerwartet öffnete und er einen Kinnhaken seitens des Künstlerfreaks Čapek, der laut Christines Regieanweisung präzise in seiner beleuchteten linken Gesichtshälfte landete, erhielt. Bronislav wurde im Anschluss von der Klomuschel emporgerissen, auf den Boden geworfen und abwechselnd von »Mokry« und Daniel Čapek ausgezogen und in die Kleidung von Štefek angezogen, um die Continuity zu respektieren, während ihm der Soziologe Vladko Smutný die Hände verdrehte. Schreie. Verwünschungen. Schmerzen.

Etwa eine Stunde später war alles fertig für die Küchenszene. Bronislav, dem unfreiwillig die Rolle des Mr. Štefek in Christine van Saants Experimentalfilm »Vratný Mechanizmus« zugewiesen wurde, wurde auf einen Sessel in der Küche platziert. Im Bild war der Künstlerfreak Čapek zu sehen, der mit einem länglichen Brotmesser an Štefek vorbei Richtung Kühlschrank schlenderte, sich halb umdrehte, aus dem Küchenschrank eine Sprottenkonserve herausnahm und dann »Good evening, Mr. Štefek!« exklamierte. Ein seltsames Leuchten war in seinen hellen Augen zu sehen.

»Und was kommt jetzt?«, erkundigte sich Čapek bei der Regisseurin. Christine strich sich die langen sonnengebleichten Haare aus dem Gesicht.

»Jetzt kommt die Schwarzblende. Und dann ... dann wird La Rouchefoucaulds Zitat eingeblendet.«

»Was?« Der arbeitslose Soziologe Vladko Smutný blickte die Holländerin an wie ein verwöhnter Kater, dem gerade sein Mittagessen gestrichen wurde.

»La Rochefoucaulds Zitat. Maxime #209. Das Motto des Films.«

»Was besagt sie, diese Maxime #209?«, fragte nun auch Lubo mit einem abwesenden Gesichtsausdruck und einer »Miller« im linken Mundwinkel.

Christine streckte ihre Arme aus. Im Hintergrund war zu sehen, wie Vladko Smutný Bronislav mit einem versöhnenden, ja schwesterlichen Blick entknebelte, während Štefeks Problemmitbewohner lautstark schimpfte und versuchte, den Soziologen trotz angebundener Hände am Bart zu packen. Bronislav verfehlte jedoch knapp Vladko Smutnýs Bart, was den an den Sessel angebundenen Physiker aus dem Gleichgewicht brachte. Ein schriller guttural Laut entwich Bronislavs Kehle in jenen Momenten der Unsicherheit, Hilflosigkeit und Angst. Christine streckte geistesgegenwärtig ihre Arme aus, fing den samt Sessel auf den Boden herabstürzenden Physiker im letzten Augenblick noch auf und flüsterte mit einem listigen Lächeln, ihre Stimme verstellend:

»Wer ohne ein bisschen Verrücktheit lebt, ist nicht so weise wie er denkt ...«

Pola Pulver
Alles auf eine Karte

Da war es, das schwarze Loch, vor dem ich mich gefürchtet hatte. Nicht, dass es sich vor mir auftat, im Boden unter mir. Es wurde mir auch nicht schwarz vor Augen, das Loch, es war in mir. Die Art von Sinnlosigkeit in einer Nacht, der man zuvor viel abgewinnen konnte. Ein schwarzes Loch, wie eine hohle Wiederholung dessen, was man nicht benennen kann.

Um mich herum dröhnte das Leben, im Alkoholrausch dröhnte es doppelt leicht, die Bar war immer überfüllt, mir wurde dort regelmäßig schlecht, nicht nur durch den Wodka, den ich trank, auch weil die Luft dünn war. Dünn war auch das Mädchen, das sich hinter der Bar stehend eine Zigarette drehte. Hinter ihrer aufgeworfenen Oberlippe blitzte, in seltenen Fällen des Lächelns, ein goldener Zahn auf. Aber sie ging mit dem Lächeln nicht hausieren, sie nahm es nicht an der Hand, wenn, dann nur unbeholfen, als würde sie Gefahr laufen, dadurch ihre eigene, selbst auferlegte Pflicht zur Coolness zu durchkreuzen. War ich in diesem Alter genauso sehr damit beschäftigt, cool zu sein?, fragte ich mich.

Ich versuchte, das Loch in mir zu ignorieren und griff zu der Bierflasche, die ein junger blonder Mann mit geringeltem Shirt achtlos neben mir auf den Tresen geknallt hatte. Ich setzte meine Lippen an den Hals der Flasche und trank. Vielleicht würde mein Ekel vor fremdem Speichel mich von der eigenen inneren Bedrängnis ablenken?

– Heh, das ist meins!

Mit einer abrupten Bewegung wurde mir die Flasche entrissen, meine Lippen ließen ein kleines Plopp im Raum stehen, doch der Raum lief ohne Würdigung dieses Geräusches einfach weiter und mit ihm das Geschehen in ihm. Nur der Junge starrte mich an, als hätte ich einen Dachschaden, die Bierflasche in der rechten Hand, die Haare leicht verschwitzt an der Stirn klebend. Ich zog entschuldigend die Schultern hoch und fühlte mich wie eine Schildkröte, die ihren Kopf einzieht. Da er immer noch fragend

und sprachlos vor mir stand, musste ich mir wohl etwas anderes einfallen lassen. Ich lächelte. Aber er schwieg. Zumindest bewegten sich seine Lippen nicht, das hätte ich bei all dem Alkohol in meinem Blut dennoch erkennen können. Die Musik hätte ihn sowieso übertönt. Vielleicht wusste er das?
– War nur ein Schluck, ich hatte Durst!
Das waren zwei Lügen in einem Satz mit nur sieben Wörtern. Eigentlich waren es zwei Schlücke, und Durst war auch nicht die Motivation, der mein Griff zur Flasche entsprungen war, aber solche Dinge lassen sich schwer im Schreien erklären. Ich beschloss, dass mein schwarzes Loch für die nächsten 15 Minuten zugespachtelt war und drehte ihm den Rücken zu. Ich betete, er würde es darauf beruhen lassen, was waren schon zwei Schluck Bier in der Gesamtlänge einer durchzechten Nacht?
Ein hektisches Tippen auf meine Schulter folgte. Ich hatte Angst, mich umzudrehen, ich verstand die ganze Aufregung nicht.
– Für dich!
Der blonde Junge stellte eine neue, kühle Flasche Bier neben mich und verschwand wieder im Gewirr der Tanzfläche. Ich konnte mich noch nicht einmal bedanken, so schnell ging alles, und genau in diesem Moment hätte ich viel lieber wieder seinen Flaschenhals mit meinen Lippen berührt. Ich nahm das Bier und torkelte nach draußen.
Auf der Straße hatte ich das Gefühl, als würde der Wind mir Ideen zuflüstern wollen, die meine Ohren, noch betäubt von dem knalligen Rhythmus der eben gehörten Musik, nicht hören konnten. Seine Ideen waren klar und klug, ich spürte es, aber ich war zu betrunken um diese Klarheit in mir aufzunehmen. Ich stieg in das Taxi ein, das genau vor der Bar stand, mein Ärmel blieb in der Kurbel des Fensters hängen und ich riss mir die Naht daran auf.
– Scheiße!
– Aber echt, sagte der Taxifahrer.
– Nicht so schlimm. Hier, wollen Sie das Bier?
Er rollte langsam los.
– Danke nein, nicht wenn ich fahre.
– Dann fahren Sie doch nicht.
Er hielt an.
– Ich hab's geschenkt bekommen, ist noch ganz frisch!

– Dann solltest du es trinken, sagte er und versuchte mir in die Augen zu blicken. Vielleicht wollte er wissen, ob ich gleich kotzen würde, vielleicht aber auch sehen, ob ich geheult hatte, bei Taxifahrern weiß man ja nie so genau.
– Hm, machte ich.
– Geschenke sollte man ehren, nicht gleich wieder weiterverschenken.
– Was sind Sie, ein Philosph?
– Nein. Er lachte. Sag mir, wohin du willst?
Ich nahm einen Schluck aus meiner Flasche, kein Bier schmeckte mir so wirklich gut. Warum ich es trank, war eine der ungeklärten Fragen. Mein Zustand war durch die frische Luft erschreckenderweise wieder in die Nähe des schwarzen Loches gerutscht und ich hatte Angst vor der Größe meines Bettes.
– Wollen wir zusammen trinken? Sie halten an und ich zahle auch dafür, sagte ich.
– Nein, ist schon in Ordnung, ich muss noch ein bisschen arbeiten.
Ich nannte ihm meine Adresse und wir fuhren die Straße hinunter. Ich öffnete das Fenster, nachdem ich um sein Einverständnis gebeten hatte.
– Ich war auch einmal in dieser Bar. Ich nenne sie das Bermudadreieck.
– Warum Bermudadreieck? Weil Sie dort Ihr Geld verlieren? Und ich grinste über den Flaschenrand hinüber in Richtung Lenker.
Er musste lachen.
– Das wohl auch … aber nein, weil man erst eine ganze Menge Leute trifft, die spannend aussehen, mit denen man reden möchte, aber dann sieht man sie nicht wieder. Auch wenn man sie sucht, dabei ist die Bar ja gar nicht so groß, oder?
Er erzählte mir, wie er dort eine Frau geküsst hatte, eine Frau mit roten Haaren, die ihn an seine Tante erinnerte. Nicht weil sie alt, sondern weil sie sonderbar war. Wie eine Prostituierte angezogen, aber im Verhalten einer Grammatiklehrerin ähnlicher als sonst irgendeiner Sorte Frau. Sie habe ihn gebeten nachzusehen, ob ihre Strumpfnähte richtig saßen, das habe ihn erregt. Aber dann sei sie plötzlich verschwunden. Und er könne sich es nicht erklären, bis heute nicht. Die Weichheit ihrer Lippen und der Duft ihrer Haare würden ihn bis heute in seine Träume verfolgen.

Ich hielt ihn für einen einsamen, träumerischen Typen, der mit einer Erektion in einer vollen, lauten, heißen Bar alleine gelassen wurde und nun versuchte, sich mit Hilfe überirdischem Unsinns einen Reim darauf zu machen – aber ich behielt diese Einschätzung für mich. Im betrunkenen Zustand sagt man oft Sätze, deren Folgen sich lange und konsequent ihren Weg ins eigene Gewissen schleichen können. Das wollte ich heute vermeiden.

– Ich finde, diese eine Begegnung ist noch kein Beweis, dass es sich wirklich um ein Bermudadreieck handelt. Gibt es noch mehr dieser Geschichten?

– Eine ganze Menge ... aber wir sind schon da. 8,50 bitte.

Ich gab ihm einen Zehner und schlug die Tür hinter mir zu, meine Bierflasche stellte ich neben die Laterne vor meinem Haus.

Am nächsten Morgen – oder war es der übernächste? – dröhnte mein Kopf ziemlich schlimm. Meine Art, dem zu begegnen, war möglichst viel Salz in einem Rührei unterzubringen. Die Kopfschmerztabletten, die ich immer vorrätig hatte, waren mir ausgegangen. Während ich durch meine gespitzten Lippen versuchte, den Kaffee über den Keramikrand einzusaugen, fiel mir das gestrige Gespräch mit dem Taxifahrer wieder ein. Bermudadreieck. Wie kam er darauf? Eine Bar als Bermudadreieck. Wie viele dieser Geschichten kannte er noch?

War nicht das gesamte Nachtleben ein Bermudadreieck? Oder war das der Grund, warum ich ein schwarzes Loch in mir gespürt hatte? Wollte der Kosmos mit mir Kontakt aufnehmen und ich, durch mein dumpfes Trinken, hatte keine Antennen für ihn gehabt? War der blonde Junge tatsächlich im Dunkeln der Bar verschwunden oder war er durch einen Staubsauger ins All befördert worden? Hätte ich ihn jemals wieder gefunden, wenn ich es gewollt hätte? Um Danke zu sagen.

Ich beschloss, dieser merkwürdigen Versuchung nachzugehen. Der Versuchung, sich mit wirren Ideen den Tag zu vertreiben. Die Sonne bestrahlte die Stadt und die Menschen auf der Straße schienen alle ein wenig zu glitzern. Vielleicht waren es aber auch meine Kopfschmerzen, die mich dazu brachten die Augen zu kneifen und mir dadurch einen klaren Blick verweigerten. Es war Sonntag und eine Menge Hundebesitzer waren unterwegs. Solche und Familien. Stolze Väter trugen ihre Brut auf dem bandscheibengeplagten Rücken. Sie ließen sich aber nichts anmerken, sondern versuchten, Vitalität auszustrahlen. Ich traute dem Frieden nicht und ein Blick auf die Mütter daneben bestätigte meist meine Zweifel. Glückliche Frauen sehen anders aus, dachte ich.

Diese Spaziergänge veranlassten mich niemals, meine derzeitige Lebensform zu überdenken oder zu korrigieren. Ich hatte lange gebraucht, um zu verstehen, dass man alleine froh sein konnte und dennoch die Hoffnung vor sich her trug, wie einen Flecken auf einer scheinbar weißen Weste. Meinen Tag verbrachte ich auf einer Wiese, bis mir die Füße einschliefen. Das taten sie ziemlich schnell. Auf einer Wiese entspannt zu sitzen, liegen, lesen oder zu essen, schien eine gewisse Begabung zu erfordern, die ich nicht mit der Muttermilch aufgesogen hatte. Auf einer Wiese konnte ich nur gut küssen. Auch da schlief das ein oder andere Körperteil ein, aber in Anbetracht der Tatsache, dass ich meinen höchst erogenen Körperteil, meine Lippen, beschäftigte, war dieses Einschlafen ein geringer, minimaler Schönheitsfehler. Das letzte Mal, das ich auf einer Wiese geküsst hatte, lag mindestens ein Jahr zurück. Seine Stimme war tief, sein Herz gut, unsere Beziehung harmonisch. Dennoch hatte ich sie beendet. Die Gründe führte ich mir jeden Morgen im leeren Bett vor Augen und hielt sie jeden Morgen immer noch für gültig.

Als ich am Abend in die Bar, das Bermudadreieck, eintauchte, war ich überrascht, wie voll sie auch an einem Sonntag war. Hinter dem Tresen stand diesmal kein dünnes, goldbezahntes Wesen, sondern ein muskelbepackter Typ in einem weißen Unterhemd, wife beater nennt man diese im Englischen was ich stets als pervers empfinde. Diskriminierend, verharmlosend und für meinen Geschmack zu plastisch. Seine Haut, die über den Muskeln spannte, war zart braun, auf ihr reihten sich eine Menge Bilder, eins davon war eine schlechte Kopie der Mona Lisa, die aber anstatt zu lächeln die Zunge rausstreckte. Die zickige Mona war auf seinen Oberarm tätowiert und immer wenn er eine Flasche von ihrem Korken befreite spannte sich das Gesicht und die Zunge wurde sogar noch einen Tick größer. Ich fühlte mich sofort persönlich betroffen, wenn ich auf die sich anschwellende Zunge blickte und war kurzfristig versucht meinem Impuls, auch meine Zunge als Waffe zu zücken, nachzugeben. Aber für so eine Albernheit fühlte ich mich heute zu alt, oder zu nüchtern. Ich sondierte den Raum, während ich auf einen etwas zu hoch geratenen Barhocker kletterte. Noch hatte sich niemand in mein Blickfeld geschoben, der mich faszinieren könnte. Meine Hände trommelten auf den Tresen und ich bestellte kurz darauf bereits den dritten Wodka, den mir der Barmann sogar ausgab. Dabei lächelte er noch nicht einmal, Lächeln schien im Bermudadreieck eine fremde Währung zu sein. Es war ein Spiel, gespielte Unfreundlichkeit als Code, ich blieb freundlich und dachte bloß: Ich bin nicht käuflich.

Irgendwann musste ich auf Toilette, ich wollte sehr elegant den Barhocker hinunter rutschen, auch um die Fantasie des Mannes, der in der Nähe des Eingangs saß und der in der Zwischenzeit seine Augen auf mich geworfen hatte, mit meinen graziösen Bewegungen anzuregen, aber die Hitze der Bar hatte nicht vor meinem Hosenboden Halt gemacht. Wenn ein Hintern stottern kann, tat meiner genau das, während ich versuchte ihn nach unten zu schieben. Als ich wieder festen Boden unter den Füßen hatte und mein Blick Richtung Eingang wanderte, um die unangenehme Bestätigung zu erhalten, dass ich unter den Augen eines willigen Flirtobjektes meinen Arsch nicht unter Kontrolle hatte, musste ich zum einen erleichternd, zum anderen enttäuschend feststellen, dass der Mann verschwunden war.

Auf der Toilette herrschte Hochbetrieb, mein Bedürfnis, die Tür in den Rücken gerammt zu bekommen, ging tendenziell nach dem dritten Vorfall gegen Null und so presste ich meine Hüftknochen ganz eng an das Waschbecken und hielt die Luft an, damit die Tür hinter mir vorbeischwingen konnte. Eine blasse Frau kam herein. Sie hatte kurzes, dunkles Haar, gezupfte Augenbrauen, die so fein und elegant geschwungen waren, als habe jemand mit ihnen bis zur Perfektion eine Zen-Übung praktiziert. Ihre Augen, schwer umrahmt mit schwarzem Kajal, der ein wenig verschmiert war, was sie aber beim Blick in den Spiegel nicht zu stören schien, waren elefantengrau mit einem Stich papageiengelb. Sie war klein und zierlich, hatte aber einen festen, apfelrunden Hintern, der ein wenig hervorstand. Sie war auf komplizierte Art schön und wirkte sehr unnahbar. Die Toilette war frei und ich konnte mich nur schwer von ihrer gespiegelten Schönheit trennen. Ich wagte es nicht, sie direkt anzusehen. Manche Menschen sind durch den indirekten Blick schöner, als würde der Spiegel eine Nuance an Perfektionismus beinhalten, oder als würde die Spiegelung eines Menschen einhergehen mit verminderter Strenge fürs Detail. Ich riss mich los und hoffte, dass ich sie später wiedersehen würde. Als ich rauskam, so schnell hatte ich mir noch nie die Hose zugeknöpft, war sie weg. Ich wusch mir ausgiebig die Hände, bekam die Tür diverse Male in den Rücken, was mir plötzlich nichts mehr ausmachte. Ich blickte in den Spiegel, was ich äußerst ungern in der Öffentlichkeit tat, weil ich nicht als eitel gelten will, aber in diesem Fall musste ich Zeit schinden. Die Frau kam aber aus keiner der drei Türen und mir schwante, dass das Bermudadreieck-Phänomen vor der Toilette nicht Halt machte. Ich würde den Taxifahrer suchen müssen und ihn bitten, mir seine Geschichten zu diesem Thema so konkret wie möglich zu erzählen.

Als ich auf die Bar und den zu hohen Hocker zuging, sah ich den Mann an der Eingangstür wieder. Wir blickten uns erneut an, das was zuvor ein Kinderspiel war, gelang mir nicht mehr. Hätte es einen Fluss zwischen uns gegeben, mein Blick wäre ins Wasser gestürzt und ertrunken. Mein Blick, er drang nicht mehr zu ihm hindurch, die Frau mit den Zenaugenbrauen hatte mich verzaubert. Enttäuscht über meinen Mangel an standhafter Intensität des Augenblicks, denn das war es schließlich: Augen und Blicke, ließ ich von dem Mann ab und lockerte meine Zunge in Richtung Mona Lisa. Leider sah der Barmann das und lief rot an.

– Wenn du das noch einmal machst, schmeiße ich dich raus, war seine Reaktion.

– Sie hat mich provoziert, rief ich ihm entgegen, und lachte ein wenig verkrampft, aber er meinte es ernst, das sah ich und fand ihn kleinkariert.

– Ich habe dir schon tausendmal gesagt, du sollst es dir weglasern lassen, Juri, kam mir eine weibliche Stimme zur Hilfe.

Dankbar drehte ich mich um und neben mir stand die Zenaugenbraue. Sie lächelte mich an und sagte:

– Er ist nicht böse, er ist nur genervt, weil ihm das am Abend mindestens eine Million Mal passiert, stimmt's Juri?

Und sie legte ihre kleine weiche Hand mit perfekt gefeilten, weißen Nägeln auf meinen Oberarm. Mich durchfuhr ein warmer Schauer und ich wollte sie sofort umarmen, unter den Hocker ziehen und küssen, ich wollte meine Finger auf ihren Au-

genbrauen wandern lassen, mir vorstellen, ich würde über die Alpen oder die Dolomiten laufen, die frische Luft auf dem Gipfel einatmen und den Ausblick genießen. Ich wollte alle ihre kleinen Sorgenfalten mit geschmeidigen Bewegungen in den Haaransatz massieren, zum Verschwinden animieren. Ihre Hand lag immer noch auf meinem Arm, bis sie zu dem Wodkaglas griff, das sie bestellt hatte, ungefragt stand auch eins für mich bereit.
– Worauf trinken wir, fragte ich.
– Auf, hm, sie überlegte, auf das Schwierige!, sagte sie dann voll leiser Inbrunst, die nicht aus dem Herzen kommt, sondern aus dem Kopf.
Noch nie im Leben hatte ich auf so etwas Ungewöhnliches getoastet, aber ich war einverstanden, so etwas von einverstanden.

Matthias Senkel
Peng. Peng. Peng. Peng.

Parabellum I

Die Pistole meines Urgroßvaters Franz Gründel war bisher in den Tod folgender Personen verwickelt:

Jeremiah Regoldt, Handelsvertreter (1933),
Felicité Samoa Rötschke, mutmaßliche Spionin (1944),
Sarkis Karabekian alias Sergej Karabekow, Frontaufklärer (1945),
und Wolfgang Plöthner (1945).

Wolfgang hatte die Pistole kurz nach seinem dreizehnten Geburtstag in den Trümmern des Nachbarhauses gefunden – gerade zur rechten Zeit, um dem *bolschewistischen Mongolensturm* zu entkommen. Man hatte ihn wiederholt vor der Gefahr gewarnt, Sklave der Untermenschen zu werden, falls *der Russe* die Stadt erobern würde. Der einzige Russe, dem Wolfgang je begegnete, war der armenischstämmige Georgier Sergej Karabekow. Der Aufklärer war verletzt in den Keller der Plöthners gekrochen. Obwohl Karabekow wenig Ähnlichkeit mit den Mongolen der *Wochenschau* hatte, schoss Wolfgang ihm vorsichtshalber vier Kugeln in den Rücken. Zurück in der verwaisten Wohnung setzte er sich in den Ledersessel seines Vaters, öffnete den Mund wie beim Zahnarzt und schob die Pistole hinein.

Auch Urgroßvater Franz hatte sich die Pistole schon einmal in den Mund gesteckt. Bevor er sich aber hatte durchringen können abzudrücken, war Bettina Leudoldt in sein Leben getreten. Dass sie vor dem Eintreten angeklopft hatte, rechnete er ihr anfänglich hoch an.

Tobak im Stammbaum I

Bettina Leudoldts Schwangerschaft erwies sich als Finte. Ihr erstes Kind, Rotraut Gründel, kam erst 599 Tage nach der überstürzten Hochzeit zur Welt und wurde kurz darauf notgetauft.

Bei fast zwanzig Monaten Schwangerschaft hätte meine Urgroßmutter eine Elefantenkuh sein müssen. Als Indiz für diese Möglichkeit kann der Rüssel gedeutet werden, den Rotraut an Stelle einer Nase hatte. Rotrauts Ohren waren riesig und fleckig wie ein alter Fußball. Achtunddreißig Stunden nach der Geburt versagten alle lebenswichtigen Organe.

Zur Entkräftung dieses Indizes kann Bettinas zweites Kind, mein Großvater Wernfried Gründel, angeführt werden. Er wurde 281 Tage nach Bettinas letzter Junimenstruation geboren. Wernfried war kerngesund, und man konnte ihm bereits im Kinderwagen den Frauenheld ansehen.

Rahmenhandlung I

Ich bin zu Besuch bei Onkel Leonard in Cincinnati. Da er sich seit seiner Kopfverletzung nicht mehr auf Buchstaben konzentrieren kann, erzähle ich ihm gelegentlich ein paar Episoden aus meinem neuen Roman. Das Ungetüm heißt *Winkelzüge des Schicksals* und kreist um unsere Familiengeschichte. An einigen Stellen habe ich dezent hinzuerfinden müssen, blieb aber immer nah am Höchstwahrscheinlichen.

Während meines Besuchs werde ich mich in María Buendia, die Tochter von Onkel Leonards dritter Exfrau, verlieben. María betreut Onkel Leonard seit dessen Unfall im letzten Herbst – weshalb er am Ende der Rahmenhandlung sterben muss, damit María ohne Gewissensbisse mit mir nach Europa kommen kann.

Unrühmliches I

Großvater Wernfried hatte sich beim Besichtigen der antiken Ruinen den ungeschützten Nacken so schwer verbrannt, dass er den Kopf nicht mehr drehen konnte. Nicht einmal die kühle

Brise, die seit Einbruch der Nacht über den Golf von Gela wehte, brachte Linderung. Der Ladeschütze Reinhard Guth hingegen hatte seinen Sonnenbrand mit sizilianischem Wein kuriert und schnarchte mit derart einlullender Gleichmäßigkeit, dass Wernfried einen Gehörschutz einsetzte.

Hinter Wernfrieds blasenübersätem Nacken war bereits fast das komplette 505. US-Fallschirmjägerregiment in die *Festung Europa* eingedrungen, als der Wind ihm einen Nachzügler ins Blickfeld blies. Pflichtbewusst eröffnete er das Feuer – und zog damit heftigen Granatbeschuss auf sich.

Da ein Großteil seines Körpers im Meer verteilt wurde, setzte man die am Geschütz verbliebenen Überreste fälschlicher Weise mit im Grab des Ladeschützen Guth bei.

Mit beispielloser Hartnäckigkeit verteidigte die Adjudantur der Division *Hermann Göring* ihre Ansicht, dass Wernfried Gründel lediglich vermisst sei. Der Groll über die somit verwehrte Kriegerwitwenrente reizte Großmutter Hildes Gallenblase und zersetzte ihre Weltanschauung bereits mehr als ein Jahr vor Kriegsende – was sie unverhofft in eine äußerst günstige Neustartposition brachte.

Situs inversus

Als Großmutter Hilde am 5. März 1953 mit einem Herzanfall ins Krankenhaus eingeliefert wurde, machte es in der Belegschaft schnell die Runde, dass ihr Kreislaufsystem spiegelverkehrt angelegt war, sich ihr Herz auf der rechten Seite befand.

»Ich hoffe inständig«, sagte Chefarzt Kohlgang, nachdem Anästhesist Gerz die Wirkung der Narkose überprüft hatte, »dass nicht alle Parteikader diese Anomalie aufweisen. Ansonsten sehe ich schwarz für unsere Zukunft.«

Unrühmliches II

Ihre Position als Parteifunktionärin ermöglichte Hilde eine – selbst Schuhverkäufern unerklärliche – Sammlung Stöckelschuhe; sie ermöglichte ihr überdies, sich den jungen Karrieristen Herbert Naunthal servil zu halten: Zum Leiter der Abteilung *Wohnwirtschaft* aufgestiegen, wusste dieser, das von Hilde anvisierte Grundstück *Regoldt* zügig verfügbar zu machen. Für den kostenfreien Abriss des baufälligen Bootsschuppens und die Rodung der Brombeerwildnis gewann er eine Klasse der Pawel-Kortschagin-Oberschule. Vier Tage nach deren Subbotnik stand der Rohbau von Großmutters Gartenhaus.

Im Alter wurde Großmutter genügsamer, aber auch sensibler: Ein Paar orthopädische Schuhe trug sie, trotz Abneigung gegen das hellbraune Leder, beinahe zwei Jahre. Die Nachricht von der Öffnung der innerdeutschen Grenze schlug sich in Form einer schweren Kolik nieder, die, gefolgt von einem Hirnschlag, Großmutter noch vor Ablauf des Jahres dahinraffte.

Fantastischer Eischaum

Während Onkel Leonard seine Mittagszigarre raucht, bereitet María ihren fantastischen Eischaum zu: Sie verrührt Schokoladensirup, Selterswasser und Sahne mit frisch ausgelassenem Eiweiß, schlägt das Ganze cremig und füllt es in Schälchen. Nachdem ihre Delikatesse fünfzehn Minuten im Eisfach ausgehärtet ist, raspelt sie noch eine Lage Bitterschokolade über die Schaumkronen.

Narben

Theodor Leudoldt, der Großvater meines Urgroßvaters Franz Gründel, aß sein halbes Leben lang nur dünne Suppen: Eine Narbe machte ihm die Darmentleerung zur Tortur.

Ebenso wie der Schmiss in seiner Wange rührte diese Narbe von Oldrich Kupkas Spatengabel her. Gutsverwalter Kupka hatte sich angesichts des entblößten Hinterteils, das über seiner Gattin Viola auf und ab wippte, zu Tätlichkeiten hinreißen lassen. Das so erlangte verwegene Aussehen beschleunigte Theodors Beförderungen und begünstigte weitere Affären in den garnisonsnahen Dörfern.

Unrühmliches III

Theodor Leudoldt war mit einem Spähtrupp in ein französisches Dorf nahe Mars-la-Tour geritten, um den Versorgungsengpass seiner Einheit zu beheben. Sämtliche Lebensmittel waren jedoch bereits am Vortag von einem westfälischen Bataillon abtransportiert worden. Als Ausgleich hielt sich der Spähtrupp an der im Dorf verbliebenen Bäuerin Adèle Dupont gütlich.

Theodors Harnröhre erzwang bald darauf dessen Rückzug in die Etappe; eitrige Absonderungen verhinderten mehrere Wochen einen Fronteinsatz. Nachdem er sich im Januar 1871 bei Saint-Quentin mit einem Bajonett hatte fachgerecht durchbohren lassen, wurde die militärgerichtliche Ermittlung in Sachen *Vorsätzlicher Selbstverstümmelung* eingestellt.

María: Why are you alway telling such cruel old stories? You should try and tell the story of your daughter.

Ich: I haven't got a daughter. Yet – I mean, not yet ... maybe.

María: This could definitely become a great story.

Aquarium Gigantis

Sturzbäche schießen über Dachrinnen und durchweichen die Fassaden, platschen auf die Brüste der Karyatiden und Händlerinnen, die ihre Auslagen zu retten versuchen. Hier stürzt ein Radfahrer in eine Pfütze, dort wird eine Katze in den Abfluss gespült. Durchweichte Hutkrempen hängen wie Palatschinken über den Gesichtern der Kutscher. Konstabler Erwin Rötschke gibt auf der Kreuzung standhaft den Neptun, organisiert den vorschriftsmäßigen Untergang der Stadt.

Mit derlei Unwetter war er seit 1889 bestens vertraut. Als Geschützmeister der Kaiserlich Deutschen Marine hatte Rötschke gerade den Befehl erhalten, jeden in Schussweite kommenden amerikanischen oder britischen Kreuzer aufs Korn zu nehmen, als sich ein Wirbelsturm aller im Samoa-Archipel kreuzenden Geschwader bemächtigte. An eine leere Munitionskiste gebunden, wurde Rötschke tags darauf von einem belgischen Handelsschiff geborgen.

Geneviève, die älteste Tochter von Kapitän Delvaux, fand die Geschichte herzerweichend, den vom Vater mit nach Hause gebrachten Seemann sympathisch. Sein erstes Kind nannte das junge Paar Felicité Samoa.

Entdeckung I

Felicité Rötschke und Studienrat Feitrück marschierten an der Spitze einer kleinen Gruppe die Wasserkante entlang. Mit ihrer Nonnenhaube ähnelte Felicité den Vögeln, die sie mit ihren Schülerinnen beobachten wollte. Sie trug einen Feldstecher um den Hals, der Studienrat ein Fernrohr im Lederfutteral auf der Schulter. Von den zwei Dingen, die Felicité entdeckte, als sie auf Einladung des Studienrats durch dessen *Zeiss*-Rohr schaute, war nur eines von ornithologischem Interesse.

Studienrat Feitrück bestätigte Felicités Beobachtung und publizierte diese nebst eigenhändiger Zeichnung. Die Reaktion der Fachwelt war verhalten; erst das Preisgeld, das der Studienrat beim Herbsttreffen der Hamburger Sektion des Norddeutschen Ornithologenverbandes auslobte, führte auf Wangerooge zu einer Schwemme von Fotografen, die allesamt der *Siamesischen Sturmmöwe* nachstellten.

Entdeckung II

Ornithologisch irrelevant war Felicités Entdeckung, dass der Ledergeruch des Fernrohrs sie sexuell erregte. Trotz geringerer Brennweite unternahm sie deshalb alle weiteren Beobachtungen mit ihrem Feldstecher. Als Wangerooge zum Sperrgebiet erklärt wurde, schenkte Felicité den Feldstecher ihrem Großneffen Peter Rötschke.

Peter Rötschke trug den Feldstecher seiner Großtante bei sich, als er auf einer Patrouille von der Résistancekämpferin Mélanie Jonot erschossen wurde.

Nach der standrechtlichen Erschießung von Mélanie und Jean-

Paul Jonot reiste der Feldstecher im Tornister von Klaus Murtzek – der seit Ende eines kurzen Heimaturlaubs die Felduniform des Nordafrikakorps trug – aufgrund einer unbedachten Befehlsänderung oder eines Umkoppelfehlers nach Südrussland.

Als Luba Sergejewna Bokrowski in den Keller des zerstörten Mietshauses kletterte, fand sie den tiefgefrorenen Wehrmachtsoldaten Murtzek auf einem Rodelschlitten. Neben ihm, unter dem Schutt des Schornsteins, lag der rumänische Scharfschütze Camil Brătescu. Ein schmaler Streifen Frühlingssonne, der durch den aufgebrochenen Schornsteinschacht hereindrang, hatte bereits begonnen, dessen mit Papier und Mullbinden umwickelte Hand aufzutauen.

Onkel Leonard: Jetzt mach mal einen Punkt! Wenn permanent neue Gegenstände immer weitere Verzweigungen auslösen – wie hört der Roman dann je auf?

Ich: »Et cetera, et cetera.«

(…)

Jan Sprenger
Was sie sagte und ich nicht verstand

Eine dicke Wolke zieht völlig ungerührt von meinen Blicken vorüber. Ich schaue der Wolke hinterher, bis ihr Kopf mir den Horizont versperrt. Ich habe nicht bemerkt, dass sie sich zwischenzeitlich zu mir gedreht hat. Aus der Unschärfe tritt langsam ihr Gesicht hervor. Sie setzt an, etwas zu sagen, sagt dann aber nichts. Und ich bin erleichtert. Sie hatte zuvor minutenlang gesprochen, und ich hatte kaum ein Wort verstanden. Das bisschen Sinn habe ich mir aus den wenigen Brocken von Wörtern gezimmert, die ich verstanden hatte. Der Rest ist Kontext und die Erfahrung, dass man nicht alles verstehen muss, um vorzugeben, alles verstanden zu haben. Ich glaube, Tränen in ihren Augen zu sehen. Es könnten freilich auch ihre Kontaktlinsen sein. Sie möchte, dass ich etwas sage. Mir fällt kein Satz ein, zumindest fallen mir nicht die entsprechenden Vokabeln ihrer Sprache ein, um auszudrücken, was ich denke. Ich denke im Augenblick auch nicht sonderlich viel.

Sie glaubt, ich verstünde sie. Deshalb spricht sie so oft mit mir, deshalb möchte sie mir alles mitteilen, was sie empfindet. Was ich von ihr verstehe, verunsichert mich. Was ich von ihr nicht verstehe, rettet unsere Beziehung. Wenn ich alles von ihr verstünde, dann würde ich gewiss merken, wie fremd sie mir ist. Die Fremdheit ihrer Sprache jedoch täuscht darüber hinweg, setzt sich gnädig dorthin, wo eigentlich die Unvereinbarkeit unserer Interessen und Meinungen ist. Immerhin ahne ich dies. Immerhin macht mich dieses Wissen gelassen. Ich muss nichts planen mit ihr außer die Stunden, die wir noch haben.

Drei Monate zuvor stehe ich am Bahnhof. Ihr Freund kommt. Ich habe noch keinerlei Gefühle für seine Freundin, von der er sich einen Monat später trennen wird. Ich bin für beide nur eine praktische Gelegenheit, bringe Geschenke hin und her, weil er in Hamburg ist und sie in China und ich in China lebe, aber nun gerade in Deutschland bin. Sie bat mich darum, Geschenke mitzunehmen, irgendwelche verpackten Kleinigkeiten, die zwischen

Chinesen ausgetauscht werden. Er kommt also zu mir, ich stehe neben einem Freund, bei dem ich diese Tage wohne. Wir sprechen nicht über ihn, und als er kommt, gebe ich ihm die Geschenke. Er siezt mich, als er mich begrüßt. Wie geht es Ihnen?, fragt er mich.

Ihr Freund sagt, er wolle mir etwas für sie mitgeben. Er komme gleich zurück und geht in eine Drogerie. Er kauft dort jenes Parfüm, das ich einige Wochen später ständig an ihrem Körper und in meiner Bettwäsche riechen werde, Tom Tailor.

Er sei ein europäisierter Chinese, hatte seine Freundin gesagt. Er lebt seit seiner Kindheit in Hamburg und sieht aus und spricht so wie ein Chinese, der europäisiert ist. Er sagt, dass seine Freundin gesagt habe, ich hätte ihr gesagt, ich sei das Idealbild eines Deutschen. Ich erinnere mich nicht, jemals so etwas gesagt zu haben, weiß aber nicht, wie ich reagieren soll. Mein Freund neben mir schaut mich groß an, beide schauen mich groß an. Ich sage, dass dies nicht stimmen könne. Ich hätte niemals so etwas gesagt, weil ich nun auch gar nicht wisse, was das Idealbild eines Deutschen sei und wenn, dann gewiss nicht ich sei. Ein typisch Deutscher mag ich sein, sage ich. Zumindest war ich pünktlich. Mein Freund fragt, was ich denn sonst noch für Bilder von mir in China entwerfe. Ich weiß wieder nichts zu erwidern. Warum hat sie mit ihrem Freund überhaupt über mich gesprochen?

Ich nehme seine Geschenke für sie, das Parfüm und ein Mobiltelefon (über das sie mir einige Wochen später unzählige Kurznachrichten schicken wird, die ich jedesmal zäh entschlüsseln muss und in denen im Wesentlichen steht, wie sehr sie mich vermisst; davon bin ich jetzt jedoch himmelweit entfernt, ich sehe nur ein Blinken durch die Verpackung). Er fragt mich, was mein Freund und ich nun vorhätten. Ich möchte die Sache so schnell wie möglich hinter mich bringen und sage, dass wir noch eine Verabredung hätten. Gut dann, sagt er. Danke, sagt er und Bitte sage ich, Keine Ursache. Wir verabschieden uns.

Zwei Wochen später bin ich wieder in China. Ich verabrede mich mit seiner Freundin und gebe ihr die Geschenke. Sie dankt mir und schenkt mir ein Feuerzeug, das so groß ist wie eine Handgranate und aussieht wie ein Totenkopf und blinkt, wenn man den Hebel fürs Feuer drückt. Ich erinnere mich nicht, jemals ein hässlicheres, blödsinnigeres Geschenk bekommen zu haben.

Dann geht sie und ich gehe und drei Wochen später bekomme ich von ihr eine Kurznachricht, in der sie mir einen Film empfiehlt, den ich mir dann tatsächlich anschaue und nach einer halben Stunde beende, weil er so hanebüchen ist wie kaum ein Film, den ich jemals gesehen habe. Ich schreibe ihr, dass ich den Film gesehen und – weiß der Himmel, wieso ich dies schreibe – dass er mir gut gefallen habe. Sie antwortet, dass sie nicht damit gerechnet hätte, dass mir der Film gefalle, dass sie sich aber freue, dass er mir gefallen habe. Und mit diesem Missverständnis beginnt es.

Aus den Dingen, die ich ihr schreibe, reimt sie sich mich zusammen und stellt fest, wie interessant ich bin und wie geeignet. Sie entdeckt Gemeinsamkeiten und ich wundere mich, wie einfachste Sätze ausreichen, um tiefes Empfinden hervorzurufen. Sie schreibt schließlich, dass sich ihr Freund von ihr getrennt habe, ich verstehe allerdings den Grund nicht. Sie ist tief getroffen davon, und zusammenhanglos fragt sie, ob ich häufig in Bars gehe. Ich sage, wie's die Wahrheit ist, dass ich ab und an in Bars gehe, und sie fragt, ob ich mit ihr zusammen in eine Bar gehen möchte. Später dann stehen wir um zwei Uhr nachts auf einer Brücke. Ich wollte die Brücke überqueren, als sie mich zurückhielt und auf den Vollmond zeigte. Wir bleiben eine halbe Stunde am Geländer stehen und schauen auf den Mond. Ich will etwas sagen, sie küsst mich jedoch. Sie tat das, woran ich gedacht hatte, weil ich dachte, dass dies den Abend schön abrunden würde, so schön rund wäre der Abend dann wie der Vollmond und ihr Gesicht. Als wir im Taxi sitzen sagt sie, dass ich sie Maria nennen solle, das scheine ihr geeigneter für diese Nacht und vielleicht für das, was folgen werde. Ich finde diesen Namen unpassend. Sie greift nach meiner Hand und ich denke an ihren Ex-Freund. Ich rieche ihr Parfüm.

Maria mag Dinge, die ich mit Kindheit verbinde. Ich darf nicht an diese Dinge denken, wenn ich mit ihr schlafe. Ich darf nicht daran denken, welche Dinge sie trägt, wenn wir uns treffen. Ich darf nur daran denken, dass ihr Körper, entlastet von all diesen Dingen, der Körper einer Frau ist. In der ersten Nacht liegt sie neben mir, noch umschlossen von ihrer knalligen Kleidung und umrankt von einem prallen Bärchen-Anhänger. Ihre Kleidung und die Accessoires lassen sich auch als Keuschheitsgürtel begreifen.

Sie sagt etwas, und ich meine zu verstehen, dass sie mich um Vorsicht bittet, jedenfalls um Geduld. Ich bitte sie darum, nichts mehr zu sagen, im Übrigen mir zu vertrauen. Ich lege den Arm um sie und wünsche ihr eine Gute Nacht. Sie sagt, dass sie mit mir schlafen wolle. Ich küsse sie, und ehe ich nur eine Hand auf ihren Körper legen könnte, beginnt sie, sich zu entkleiden. Sie löscht das Licht zuvor und ich sehe immerhin noch genug, um zu erkennen, dass es ihr einige Mühe macht, sich so zu entkleiden, dass ich im Dämmerlicht nichts von ihrem Busen sehe. Sie zieht deshalb die Decke hoch bis unters Kinn, wie ein Kind wieder, das Verstecken spielt. Ich rufe mir derweil unentwegt ihr Alter ins Gedächnis, sie ist vierundzwanzig. Ich darf ihre Posen nicht falsch verstehen, ich muss sie als Spiel verstehen. Sie sagt, dass dies nicht ihr erstes Mal sei. Sie habe schon mit ihrem Ex-Freund geschlafen. Ich denke nun an den Ex-Freund, wie ich ihn am Bahnhof getroffen habe, wie er mich gesiezt hat, wie er alles erwartet hat, aber gewiss nicht, dass ich wenige Wochen später mit seiner Freundin schlafen werde. Ich denke an den Nippes, den ich ihm gegeben habe und wie er mir das Parfüm gegeben hat, das sich nun unter meiner Bettdecke staut. Ich sage Dinge zu ihr wie Habe keine Angst oder Keine Sorge, und eigentlich hätte ich es gern schon hinter mir.

Später dann sitze ich an meinem Schreibtisch und rauche. Später dann kommt sie hinzu. Sie fällt mir um den Hals und ich versuche, den Rauch meiner Zigarette von ihr fernzuhalten, überhaupt mich von ihr fernzuhalten. Mir fallen jedoch keine Worte ein, deshalb umarme auch ich sie. Ich wäre gern so flüchtig wie der Rauch.

Am nächsten Nachmittag stehe ich auf einem großen Platz und sehe Chinesen. Mir fällt plötzlich ein Satz ein, ich denke: außer Chinesen nichts gewesen. China, denke ich, verstehe ich nicht. Die Chinesen selbst sagen mir das jedes Mal, sobald ich versuche, ihre Sprache zu sprechen oder mit ihnen in einer gemeinsamen Sprache über das Land zu diskutieren. Sie sagen dann schnell: Du kannst China nicht verstehen, du bist kein Chinese. Von Chinesen höre ich häufig solche Sätze, die jedes Gespräch verderben. Es gibt Sätze, die mindestens in jedem zweiten Gespräch auftauchen und reflexartig immer dort hochschnellen, wo man auf einen sensiblen Punkt trifft; dies sind dann Sätze wie eben, dass man als Ausländer China und Chinesen nicht verstehen könne. Chinesen sagen, dass es so viele Chinesen gibt, und sie sagen das immer dann, wenn man anspricht, was man im Westen Probleme nennt. Umweltverschmutzung, Menschenrechte, Pressefreiheit blabla, da stehen vor der Lösung der Probleme einfach zu viele Chinesen. Sie können nicht Schlange stehen, weil es so viele von ihnen gibt. Weil es so viele von ihnen gibt, können sie nicht warten, bis die Passagiere den Bus verlassen haben, ehe sie selbst einsteigen. Es regnet auch zu wenig, weil es so viele Chinesen gibt. Außerdem nehmen die Westler den chinesischen Männern ihre schönsten Frauen weg (von denen es nicht zu viele gibt).

Auf dem Platz warte ich auf Maria. Sie kommt. Sie springt mich an. So nehme ich den chinesischen Männern eine schöne Frau weg, denke ich. Ich sehe, wie wir angeschaut werden.

Der Platz ist groß und hat zwei Dinge, die ihn herausheben aus der Menge an Plätzen in China (von denen es eindeutig zu viele gibt). Erstens steht auf ihm eine große Pagode, zweitens liegt zu Füßen der Pagode wie ein Fußabtreter ein riesiger Springbrunnen, der, wenn abendlich das Wasser springt, gleich auch die Musik dazu liefert. Dies ist ein Spektakel, und Maria und ich schauen und hören uns das an. Das Wasser springt hier zu Beethoven, im Hintergrund der Turm, in dem buddhistische Sutren liegen sollen. Es fehlt noch ein arabischer Säbeltanz, und niemand wüsste mehr, wo er eigentlich gerade ist. China ist ein Schwamm.

Maria hat inzwischen dreimal bei mir übernachtet. Sie wohnt noch bei ihren Eltern. Und Maria sagt, dass ihre Mutter bereits gefragt habe, wo sie denn diese drei Nächte verbracht habe. Maria habe ihr gesagt, dass sie jemanden kennengelernt habe. Sie habe gesagt, dass ich es sei, den sie kennengelernt habe. Die Mutter habe daraufhin gewisse Bedenken gehabt. Maria sagt mir dies, als wir wieder in meiner Wohnung sind und die vierte Nacht miteinander verbringen wollen. Die Mutter wolle mich kennenlernen, sagt sie. Wenn sie mich erst einmal kennen würde, dann würde alles gut. Ich habe Angst vor chinesischen Müttern. Das sage ich Maria. Sie sagt etwas, das ich nicht verstehe. Vielleicht sagt sie, dass ihre Mutter nett sei. Dennoch sehe ich mich bereits in diesen chinesischen Sofas versunken den Eltern gegenüber. Ich sehe mich, wie ich dort sitze und nichts verstehe und sie über mich reden, wie über einen Gegenstand. Ich habe Geschichten gehört. Wie man in China um die Hand der Tochter anhält. Der Mann schickt eine ältere Frau, die die Vorzüge des Verlobten anpreisen muss, die sagt, dass der Mann die Tochter versorgen könne, dass er eine gute Arbeit habe oder haben werde, dass er sauber sei, dass er nicht trinke, dass er zwar rauche, aber nur mit dem Vater und dem Chef zusammen. Dass er ein Auto habe und bald dann auch eine Wohnung. Später dann gehen Verwandte der Tochter zur Familie des Verlobten, um zu überprüfen, ob alles auch der Wahrheit entspricht. Es ist ein Kuhhandel.

Marias Handy klingelt. Ich werde das Handy (das ich ihr aus Deutschland mitgebracht habe und auf das der Ex-Freund sein Lieblingslied als Klingelton aufgespielt hatte) an diesem Abend noch häufig hören. Maria nimmt zunächst den Anruf nicht an. Ihre Mutter sei es, sagt sie. Doch das Handy klingelt weiter. Verstummt, klingelt wieder, verstummt, klingelt. Ich gestikuliere, dass sie endlich den Anruf annehmen solle. Sie tut es dann und ich höre ihre Mutter. Ich höre, wie Marias Stimme beschwichtigend wird, dann kleinlaut, bald höre ich nur noch die Mutter. Maria bestätigt mit gleichmäßigem Grunzen jeden Satz. Ich frage nichts, nachdem sie aufgelegt hat. Sie setzt sich neben mich aufs Sofa. Sie legt ihren Kopf an meine Schulter. Das Handy klingelt. Sie geht nicht ran. Dieser Abend ist der letzte, denke ich. Ich nehme ihre Hand, die sie auf meinen Oberschenkel gelegt hat. Ich weiß nicht, was diese Geste ihr bedeutet. Mir bedeutet sie nichts. Das Handy klingelt weiter. Hört dann auf. Maria berührt mit einer Hand mein Gesicht. Ich berühre ihr Gesicht. Ich schaue auf ihren Bärchen-Anhänger. Sie trägt unter dem grellgelben T-Shirt einen BH, der so puscht, dass ich anfangs dachte, ihr Busen sei groß. Als ich in der ersten Nacht ihren Busen sah, war er nicht groß, nur die Brustwarzen waren groß. In der ersten Nacht hat sie gelegentlich wie ein kleiner Hund geklungen, dem man auf den Schwanz getreten ist. Ich hatte Mühe gehabt, mich daran zu gewöhnen. Ich verstehe kaum etwas von ihr.

Ich will ihr, um sie zu trösten, auf die Stirn küssen. Sie zieht jedoch ihr Gesicht hoch, so küsse ich sie auf den Mund. Sie hört nicht mehr auf mich zu küssen und ich vergesse, dass ich noch kurz zuvor darüber nachgedacht hatte, sie zum nächsten Bus zu bringen. Die letzte Nacht, denke ich.

Sie ist halb entkleidet und ich liege auf ihr, als das Handy wieder klingelt und diesmal nicht mehr aufhört zu klingeln. Ich kenne das Lied, komme aber nicht auf den Namen. Sie nimmt das

Mobiltelefon, das neben dem Sofa liegt und versucht dabei, mich nicht von sich zu stoßen. Ich gehe freiwillig und setze mich an meinen Schreibtisch, der nicht weit vom Sofa direkt am großen Fenster steht. Sie sagt etwas, bevor sie abnimmt. Sie sagt, es sei ihr Ex-Freund aus Hamburg. Ich begreife nicht. Ich schaue aus dem Fenster. Ich wohne hoch und vor mir ist dunkler Himmel und unter mir ist eine Straße und dahinter stehen andere Häuser. In einigen Fenstern brennen Lichter. Sie schreit zuerst ins Telefon. Ich erschrecke mich darüber. So kenne ich sie nicht. Dann wird ihre Stimme ruhiger. Schließlich verlässt sie das Zimmer. Um mich zu beschäftigen, fahre ich den Rechner hoch. Es öffnet sich ein Fenster, es klingelt, mein Freund aus Hamburg ruft an. Ich erkläre ihm die Situation, in der ich mich befinde und in die nun auch er geraten ist. Er sagt, dass die Globalisierung daran Schuld sei und fragt, ob er mal eben zu ihrem Ex-Freund rübergehen solle, um auch ihm die Globalisierung zu erklären. Ich sage, lass mal, reicht, wenn wir es verstehen.

Am nächsten Morgen sehe ich ungerührt einer dicken Wolke hinterher, bis Marias Gesicht mir die Sicht versperrt. Sie hat vielleicht Tränen in den Augen, jedenfalls hat sie kurz zuvor gesagt, dass sie nach Deutschland zu ihrem Ex-Freund gehen wolle. Es sei im Übrigen nett gewesen mit mir. So viel immerhin verstehe ich.

Lutz Woellert
Ellis Island

Als mein Vater damals Ellis Island erreichte, das war im März 1917, da hatte er nichts bei sich. Kein Geld, keinen Koffer, nur den Offiziersmantel meines Großvaters auf den Schultern, die Entlassungsurkunde aus der deutschen Staatsbürgerschaft in der Brusttasche und das Keksrezept in den Stiefeln. Das familieneigene Keksrezept, das er die ganze Reise über unter seinen stinkenden Füßen versteckt gehalten hatte; in zweifacher Ausführung, eine für den linken und eine für den rechten Fuß.

Ellis Island. Diese Insel war damals das goldene Tor zu der Jungfrau, die sich Amerika nannte. Für all die geknechteten, gebrochenen, betrogenen, verbitterten, entkräfteten Menschen der alten Welt, die durch Unterdrückung, Repression und Kriegstreiberei, durch Krankheiten und Missernten jahrzehntelang zermürbt worden waren, war dieses Neuland ein geradezu paradiesischer Ort. Es waren die Bauern, denen die Tradition der Erbschaft zu kleine Parzellen hinterlassen hatte. Es waren die Handwerker und Kaufleute, die ihre Geschäfte durch die vielen Abgaben bedroht sahen. Es waren die Intellektuellen, die den Stillstand nicht ertrugen. Es waren die Minderheiten, die aus den unterschiedlichsten Gründen verfolgt, bedroht und verachtet wurden. Es waren die Flüchtlinge, denen man alles genommen hatte. Hier in der alten Welt, da waren sie deutsche Liberale, polnische Nationalisten oder russische Juden, aber dort, dort waren sie alle nur noch eins: Amerikaner. So glaubten sie zumindest; dieses Amerika war ein Schmelztiegel der Sehnsüchte und Hoffnungen. Jeder, der sich auf den Weg dorthin begab, trug in seinem Herzen seinen eigenen kleinen Traum mit sich herum, mit dem er in der neuen Welt ankern wollte. Mein Vater wollte seine eigene Keksfabrik gründen, und alles, war er dazu brauchte, befand sich in seinen Schuhen. Drei Jahre lang hatte er das Rezept dort aufbewahrt, die ganze Auswanderungszeit über, und in dieser Zeit nicht ein einziges Mal seine Stiefel ausgezogen. Drei Jahre. Das ist auch für damalige Verhältnisse eine lange Zeit, um von der alten in die neue Welt zu gelangen. Um genau zu sein, waren es 973 Tage mehr, als mein Vater geplant hatte. Es war ein nassgrauer Julimorgen im Jahre 1914, als er, am Heck eines Dampfschiffes stehend, der alten Welt Lebewohl sagte, und die Träne, die ihm dabei über die Wange stolzierte, war eine Krokodilsträne. Er blickte starr auf das sich entfernende Festland, eine schier endlose Kamerafahrt in die Totale, wie sich mehr und mehr alte Welt in sein Blickfeld schob und zugleich unbedeutender wurde, und er sah über allem den Schatten des drohenden Krieges aufziehen und dachte sich, so mögen sie doch alle zu Grunde gehen. Er drehte sich um, schritt zum Bug des Schiffes und wartete auf: Amerika. 1914, das war die Zeit der Dampfschiffe. Die Überfahrt war kein wochenlanger Höhlenritt in einem Dreimastsegler, Hunderte von Auswanderern dichtgedrängt im Zwischendeck, ohne Frischluft, ungenießbares Wasser, ernährt von Zwieback und Heringen, ein einziges Gekotze. Nein, die Überfahrt mit einem Dampfschiff dauerte damals fünfeinhalb Tage, mehr nicht. Hamburg, Le Havre, Southampton, New York, das war's. Zumindest hätte es das sein sollen. Doch die alte Welt hatte noch eine letzte Überraschung für meinen Vater vorbereitet, denn der Krieg kam schneller, als es ihm lieb war, er war bereits ausgebrochen, als das Schiff noch im Hafen von Southampton lag, und da dieses Schiff unter deutscher Flagge lief, wurde es dort von den Briten aufgebracht und festgesetzt. Mein Vater, dem das gar nicht gefiel und der dies lautstark kundtat und zugleich einen preußischen Offiziersmantel trug, wurde kurzerhand abgeführt und inhaftiert. Er hat nie viel erzählt von den Monaten seiner Gefangenschaft. Wichtig war wohl nur, dass er seine Freiheit einem der Aufseher zu verdanken hatte, mit dem er ganz gut stand und der genau wusste, dass ein Deutscher, nachdem die kaiserliche Kriegsmarine den uneingeschränkten U-Boot-Krieg wieder aufgenommen und innerhalb weniger Wochen zahlreiche britische Handelsschiffe auf den Meeresgrund befördert hatte, dass ein Deutscher spätestens ab diesem Moment in einer englischen Haftanstalt auf verlorenem Posten stand. Der Aufseher verschaffte meinem Vater einen Platz auf eben einem dieser britischen Handelsschiffe, die Richtung New York ausliefen. Er legte das Leben meines Vaters in die Hände der deutschen Kriegsmarine, dass war ein fairer

Deal, wie er fand. So kam es, das mein Vater erst im März 1917 Ellis Island erreichte und auch nichts mehr bei sich hatte, kein Geld, keinen Koffer, nur den Offiziersmantel, die Entlassungsurkunde und das Keksrezept, in zweifacher Ausführung.

Ellis Island. Das goldene Tor, das doch nur aus Narrengold bestand, zu Füßen der Hure der Freiheit, die ihren Sirenengesang über die Weltmeere erschallen ließ. Er hätte nicht auf sie hören sollen.

Ellis Island war ein kleiner Flecken Erde, nicht mehr als dreihundert mal dreihundert Meter groß. Ein anständiger Golfer hätte seinen Ball quer über die Insel schlagen und mit einem lauten Plumps im Hudson River versenken können. Aber dicht bebaut war sie, bis an den Rand. Es gab nicht nur die Registrierhalle, es gab auch eine Wäscherei, eine Tischlerei, eine Bäckerei, eine Großküche, sogar ein eigenes Kraftwerk. Es gab einen Speisesaal, mehrere Schlafsäle, Gepäckräume, Verwaltungsräume, Aufenthaltsräume, ein Telegraphenamt, eine Wechselstube, einen Eisenbahnschalter, ein ganzes Krankenhaus.

Ellis Island. Die Träneninsel in der Bucht vor New York war wie eine Fabrik. Eine Fabrik, die Amerikaner produzierte. Man nahm Menschen gleich welcher Nationalität und Herkunft, steckte sie vorne rein, schubste sie herum, checkte sie durch, und wenn sie hinten wieder herauskamen, waren sie: Amerikaner. Wie am Fließband wurden sie produziert, als hätte Henry Ford sich diese Einrichtung ausgedacht, sechstausend Stück pro Tag, mit einer Fehlerquote von lediglich zwei Prozent. Zwei von hundert wurden aussortiert und zurückgeschickt, alle anderen waren mit Verlassen der Insel staatlich geprüfte Amerikaner. Doch dazu musste man sich in diese Maschinerie hineinbegeben, und es konnte Stunden, Tage und manchmal sogar auch Wochen dauern, bevor sie einen wieder ausspuckte.

Ellis Island. Eine Fabrik zwar, doch man betrat diese Insel wie ein Hotel. Ein langgestrecktes Vordach zog sich vom Kai hoch zur Registrierhalle, ein imposanter Bau im französischen Renaissance-Stil. Hier ging man rein und hier kam man auch wieder heraus, zwei Menschenschlangen, die aneinander vorbeizogen. Man ging so dicht aneinander vorbei, dass man den frischgebackenen Amerikanern in die Augen blicken konnte. Und sie riefen einem zu.

Habt keine Angst, es ist nicht schlimm, es sind freundliche Menschen.

Lasst euch bloß kein X auf den Ärmel malen, wischt es wieder ab, sonst bekommt ihr eine Sonderbehandlung.

Hört nicht auf ihn, wenn ihr auch nur halbwegs gesund seid, wird alles gut. Kneift euren Kindern in die Wangen, dann sehen sie frisch und munter aus.

Oh, passt bloß auf, wenn's um eure Namen geht, ich kam aus Paris, jetzt heiße ich Paris.

Die verdammte Wechselstube, seid bloß vorsichtig an der verdammten Wechselstube, man hat mir meine italienischen Lira in polnische Zloty umgetauscht, die sind nicht mal mehr die Hälfte wert.

Ein Chor aus den unterschiedlichsten Sprachen und alle Stimmen zusammen ergaben das Lied der neuen Welt.

Ellis Island.

Als mein Vater damals Ellis Island erreichte, das war im März 1917, da war auf der sonst so belebten Insel nichts los. Keine Menschenschlangen, kein Gedränge, keine Party. Es war Krieg, da war nicht viel zu machen. Mein Vater wurde mit dem Beiboot des Handelsschiffes übergesetzt. Ganz alleine stand er am Kai, blickte der Registrierhalle entgegen, ein langer Blick, ein Zieh-du-zuerst-Blick, ein preußischer Revolverheld im Duell mit Onkel Sam. Schließlich ging die Tür zur Registrierhalle auf, und ein alter Ire deutete meinem Vater mit einem Winken an, er möge sich doch endlich in Bewegung setzen. Onkel Sam hatte Nerven gezeigt. Er folgte der Aufforderung und ließ sich von dem Iren zur Gepäckkontrolle führen, obwohl offensichtlich war, dass es da nicht viel zu kontrollieren gab.

Sie sind ja leicht bepackt unterwegs. Leeren Sie mal Ihre Taschen.

Mein Vater legte die Entlassungsurkunde auf den Tisch.

Der Beamte zögerte. Mehr nicht?

Mein Vater überlegte wohl, ob er von seinem Zwischenstopp in der englischen Haftanstalt berichten sollte, dass man ihm dort sowohl sein Gepäck, sein Geld als auch seine Jungfräulichkeit genommen hatte, aber er beließ es bei einem Kopfschütteln.

Dann gehen Sie jetzt bitte die Treppe hoch zur medizinischen Untersuchung.

Das muss man den Amerikanern lassen, der Aufbau der Anlage war gut durchdacht. Bereits die Treppe war Teil der medizinischen Untersuchung, fünfzig Treppenstufen führten in den ersten Stock, und wer sich schon hier schwertat, wurde umso gründlicher untersucht. Dabei war mein Vater schon auf dem Schiff untersucht worden und zuvor im Hafen von Southampton und auch im Hafen von Hamburg und das erste Mal schon, bevor er in Preußen in den Zug gestiegen war. Die ganze Auswanderung war eine einzige Untersuchung. Oben empfing ihn Doktor O'Connor mit einer Zigarre im Mund.

Und die Gesundheit?

Das war keine Frage, Doktor O'Connor legte direkt Hand an. Man muss sich das vorstellen wie auf einem Viehmarkt. Geübte Handgriffe, die sich einmal um den Körper arbeiten. Gesicht, Mund, Augen, Haare, Drehung, Rücken, Hintern, Ohren, dreimal Kniebeugen, Drehung, Bauch, Hüfte, ab dafür. Wer sich bei dieser Untersuchung einen Kreidebuchstaben auf der Schulter einfing, hatte ein Problem. Sonderbehandlung. E stand für die Augen, C für Tuberkulose, L für Hinken. Das medizinische Alphabet. Wer ein X abbekam, war so gut wie raus. X stand für Geistesschwäche.

Doktor O'Connor nickte.

Ihre Gesundheit ist gut, nur mit dem Mantel werden sie ein Problem bekommen. Melden sie sich in der Registrierhalle beim Vernehmungsbeamten.

Wie heißen Sie?
Woher kommen Sie?
Warum kommen Sie in die Vereinigten Staaten?
Wie alt sind Sie?
Wie viel Geld haben Sie?
Wo haben Sie dieses Geld her? Zeigen Sie es mir.
Wer hat Ihre Überfahrt bezahlt?

Haben Sie in Europa einen Arbeitsvertrag unterschrieben, um hierher zu kommen?
Haben Sie hier Familie?
Haben Sie hier Freunde?
Gibt es jemanden, der für Sie bürgen kann?
Welchen Beruf haben Sie?
Haben Sie in Ihrer Heimat irgendwelche Verbrechen begangen?
Sind Sie Marxist?
Sind Sie Anarchist?
Sind Sie Atheist?
Welcher Glaubensrichtung gehören Sie an?
Leiden Sie an irgendwelchen Krankheiten?
Können Sie lesen und schreiben?
Können Sie rechnen?
Wie viele Finger sind das?
Wie heißt der amerikanische Präsident?
Haben Sie vor, den amerikanischen Traum zu leben, ein produktives Mitglied dieser nach Freiheit strebenden Gesellschaft zu werden, immer die Wahrheit zu sagen, die reine Wahrheit und nichts als die Wahrheit, so wahr Ihnen Gott helfe?

Zwei Minuten dauerte die Befragung. Wenn der Beamte mit dem Gehörten zufrieden war, dann hatte man es geschafft. Bei meinem Vater war das nicht der Fall, wie auch, allein die Tatsache, dass der Stempel auf der Entlassungsurkunde drei Jahre alt war, warf einiges an Fragen auf. Dazu war er Deutscher, das war ungünstig. Und er trug einen Offiziersmantel, dass machte die Situation schon fast bedrohlich. Man zitierte ihn vor die fünfköpfige Untersuchungskommission. Ein Dolmetscher, ein Protokollant und drei Kommissare.

Und jetzt erklären Sie uns mal, warum wir einen mittellosen Preußen, der weder Bürgen noch Freunde oder Familie vorzuweisen hat, der scheinbar drei Jahre im Nichts verschollen war und der dazu offensichtlicherweise Angehöriger des deutschen Heeres ist, in dieses Land einreisen lassen sollten.

Der Offiziersmantel.

Es war ein wirklich schön geschnittener Offiziersmantel. Mein Großvater hatte ihn meinem Vater am Sterbebett vererbt, und auch wenn man meinen sollte, dass so ein preußischer Offiziersmantel so gar nicht zu dem Gemüt meines Vaters passte, so trug er ihn doch voller Stolz. Allerdings, in der damaligen Situation im Jahr 1917, da hätte dieser Mantel ihm fast seinen Traum gekostet. März 1917, das war kurz nach dem Bekanntwerden des Zimmermann-Telegramms, in dem der deutsche Staatssekretär für Auswärtiges die mexikanische Regierung zum Krieg gegen die USA aufgefordert hatte, und die Amerikaner waren auf die Deutschen nicht gut zu sprechen. Erst recht nicht auf einen im Offiziersmantel. Man kann sich kaum vorstellen, was für eine Empörung dieses Telegramm in der Bevölkerung ausgelöst hatte. Die deutsche Sprache wurde aus den Schulen verbannt, deutsche Vereine und Verbände verboten, deutschsprachige Zeitungen aufgelöst, es brannten sogar deutsche Bücher. Es war wirklich eine heikle Lage, deutsche U-Boote schossen auf zivile Schiffe, und da kam einer im Offiziersmantel an und wollte in die USA einreisen. Ein Spion wohlmöglich, ein Saboteur, eine einzelner Irrer, wer weiß, vielleicht sogar ein Präsidentenmörder. Kein Wunder, dass die Behörden da nicht mitspielen wollten. Dabei war mein Vater alles andere als ein preußischer Patriot gewesen, ganz im Gegenteil, er war ein geborener Pragmatiker, ein überzeugter Individualist und ein glühender Anbeter des amerikanischen Traums. Er hatte sich in Hamburg eingeschifft und dem Deutschen Reich den Rücken gekehrt, einer Nation, die, wie er sagte, dabei war, ihr eben erst aus den Eingeweiden der Geschichte geschissenes Vaterland, das Männer wie sein Vater mit aufgebaut hatten, durch einen sinnlosen Militarismus zu zerstören.

Die Untersuchungskommission wollte ihn direkt ins Gefängnis stecken oder augenblicklich zurückschicken, zurückschießen am besten, in ein Torpedorohr laden und in ein deutsches U-Boot rammen. Bloß weg mit dem. Doch mein Vater, der sicher auch über den Atlantik geschwommen wäre, hätte er keinen Platz auf einem der Schiffe bekommen, war nicht willens, wieder umzukehren. Er sprang von einem der Kommissare zum nächsten, zeigte auf die Entlassungsurkunde, versuchte zu erklären, wie sehr er die deutsche Nation verachte, dass er doch mit ihnen fühle, diesen leidigen Krieg auf der Stelle beenden würde, wenn er nur könnte. Und als er merkte, dass man ihn nicht recht verstand oder verstehen wollte, da begann er zu schauspielern. Mein Vater, der wahrlich kein nach außen gerichteter Mensch war, führte eine Kaiser-Wilhelm-Parodie auf, stolzierte durch den Raum, mimte den Krüppelarm, rutschte aus und fiel mit dem Hintern auf die Pickelhaube; und ja, die Umstehenden lachten sogar, aber auch das half nicht. Da überwand er sogar seine preußische Erziehung, kniete sich auf den Boden und flehte die Beamten an, man möge ihn einreisen lassen, und diesmal vergoss er ehrliche Tränen. Doch alle Mühe war vergebens.

Schließlich, als er nicht mehr weiterwusste, zog mein Vater seinen Offiziersmantel aus, dieses Menetekel für den preußischen Wahnsinn, und schmiss ihn zu Boden. Vor der versammelten Untersuchungskommission öffnete er seine Hose, zog sein bestes Stück heraus und urinierte auf den Mantel. Er pisste auf das Kaiserreich. Dann hob er ihn wieder auf. Er nahm den urindurchtränken Mantel, streifte ihn sich über und sagte, in seinem gebrochenen Englisch, aber mit fester Stimme: Ich scheiß auf das Deutsche Reich, aber dieser Mantel gehört nun mal zu mir.
Da haben sie ihn durchgewunken.

Welcome to America.

Die Autoren

Konstantin Ames, geboren 1979 in Völklingen, studierte in Leipzig Kommunikations- und Medienwissenschaft, Philosophie, Neuere deutsche Literatur und Komparatistik, seit 2008 am Deutschen Literaturinstitut Leipzig. Mitherausgeber der »Tippgemeinschaft«. Jahresanthologie der Studierenden des Deutschen Literaturinstituts Leipzig 2010. Veröffentlichungen in Zeitschriften und Anthologien.

Ondřej Cikán, geboren 1985 in Prag, studiert Latein und Altgriechisch in Wien und Prag. 2000 wurde sein erstes Theaterstück in der damaligen Spielbar des Wiener Volkstheaters aufgeführt. 2002 gründet er mit Anatol Vitouch die Literaturgruppe »Die Gruppe«, aus der der Verein zur Unterstützung märchenhaften Theaters entsteht.

Carolin Dabrowski, geboren 1980 in Mannheim. Ausbildung zur Verlagsbuchhändlerin beim Suhrkamp Verlag, Studium der Germanistik und Medienwissenschaft in Mannheim. Anschließend Programmassistenz im Literaturhaus Frankfurt und aktuell verantwortlich für die Lesungen des Verlags Schöffling & Co. Veröffentlichungen in Anthologien. Teilnahme bei der Endausscheidung um den Hattinger Förderpreis 2002.

Greta Granderath, geboren 1985 in Gelsenkirchen-Horst, studierte Literaturwissenschaft sowie Theaterwissenschaft in Berlin. Studentin des Masterstudiengangs Performance Studies in Hamburg. Preisträgerin u. a. beim Treffen Junger Autoren der Berliner Festspiele (2002/2004). Seit 2005 Zusammenarbeit mit den Berliner »S³ LiteraturWerken«. Zahlreiche Theaterprojekte u. a. an der Volksbühne am Rosa-Luxemburg-Platz. Veröffentlichungen in Zeitschriften und Anthologien.

Alexander Gumz, geboren 1974 in Berlin. Redakteur und Literaturveranstalter u. a. beim Texttonlabel KOOK. Mitbegründer des Festivals LAN. Drei Tage junge Literatur und Musik in Berlin. Wiener Werkstattpreis für Lyrik 2002. Finalist beim Leonce-und-Lena-Preis 2003 und 2009. Veröffentlichungen in Zeitschriften und Anthologien.

Vea Kaiser, geboren 1988 in Österreich, studiert deutsche und klassische Philologie an der Alma Mater Rudolphina Vindobonensis und am Institut für Literarisches Schreiben und Literaturwissenschaft in Hildesheim. Seit 2003 (award4you) zahlreiche Lesungen. Veröffentlichungen in Zeitschriften und Anthologien.

Jenny Kau, geboren 1976 in Hannover, studierte Soziologie und Pädagogik. Absolvierte ein dreijähriges Coaching bei Peter H. Goglin in Köln.

Anne Krüger, geboren 1975 in Berlin, war von 2002 bis 2006 für Ärzte ohne Grenzen aktiv. Seit 2007 beim Verlag der Autoren (Dramatik). 2009 Hörspiel »Koma Island« (HR).

Andreas Lehmann, geboren 1977 in Marburg, Studium der Buchwissenschaft, Amerikanistik und Komparatistik in Mainz. Arbeit im Hörbuchlektorat eines Sach- und Fachbuchverlages in Darmstadt. Sonderpreis der Berliner Literaturkritik beim Jokers Lyrik-Preis 2009. Teilnahme an der Textwerkstatt Darmstadt unter Leitung von Kurt Drawert. Mitherausgeber der Literaturzeitschrift »Zeichen & Wunder«. Veröffentlichungen in Zeitschriften und Anthologien.

Juliane Liebert, geboren 1987 in Halle, studierte in Leipzig. Seit 2009 beim Vice Magazine in Berlin tätig.

Sebastian Th. Lollschied, geboren in Kalterherberg, studierte Mathematik und lebt in Berlin.

Thomas Mahler, geboren 1979, Studium der Philosophie und Germanistik in Kiel und Berlin. Promoviert in Berlin. Literaturpreis Prenzlauer Berg 2009.

Inger-Maria Mahlke, aufgewachsen in Lübeck, lebt und schreibt in Berlin. 2009 Teilnahme an der Autorenwerkstatt Prosa des LCB. Veröffentlichungen in Zeitschriften und Anthologien.

Marie T. Martin, geboren 1982 in Freiburg, Studium am Deutschen Literaturinstitut Leipzig, Ausbildung zur Theaterpädagogin. Hörspiel »Marie T.s Daumenkino«, u.a. Rolf-Dieter-Brinkmann-Stipendium der Stadt Köln. Seit 2009 fortlaufende Heftreihe mit der Illustratorin Ulrike Steinke bei Onkel&Onkel. Veröffentlichungen in Zeitschriften und Anthologien.

Claudine Muller, geboren 1981 in Luxemburg, Studium der vergleichenden Literaturwissenschaften in Toulouse, Frankreich. Anschließend Master in Literaturwissenschaften an der Universität Potsdam. Lebt als freie Übersetzerin und Autorin in Berlin.

Pyotr Magnus Nedov, geboren 1982 in Chişinău, Sowjetunion, ist ein moldawisch-bulgarisch-ukrainischer Filmwissenschafter, Filmemacher, Künstler, freier Autor österreichischer Nationalität.

Pola Pulver, geboren 1974, studierte Kulturwissenschaften an der Europa Universität Viadrina in Frankfurt/Oder und der Universidad Complutense de Madrid. Sie lebt in Berlin.

Matthias Senkel, geboren 1977 in Greiz, lebt und arbeitet in Leipzig.

Jan Sprenger, geboren 1978 in Wesel, Studium der Philosophie und Geschichte in Berlin und Düsseldorf. Von 2006 bis 2009 Dozent für Deutsche Geschichte und Literatur an der Northwestern Polytechnical University Xi'an (VR China). Seit Sommer 2009 am Goethe-Institut Peking.

Lutz Woellert, geboren 1984 in Lübeck, studiert seit 2005 Kreatives Schreiben und Kulturjournalismus an der Universität Hildesheim. Derzeit gründet er mit Marcel Maas zusammen die 42GbR, eine Event- und Performance Agentur (www.42fueralle.de). Mitherausgeber der LANDPARTIE 07. Chef des Zweiundvierzig e. V. (www.hip42.de).

Die Jury

Ursula Krechel, geboren 1947, studierte Germanistik, Theaterwissenschaft und Kunstgeschichte in Köln. Lehrtätigkeit an verschiedenen Universitäten. Sie debütierte 1974 mit dem Theaterstück »Erika«, das in sechs Sprachen übersetzt wurde. Erste Lyrikveröffentlichungen 1977, danach erschienen Gedichtbände, Prosa, Hörspiele und Essays. Ursula Krechel ist Mitglied des P.E.N.-Zentrums Deutschland. Sie lebt in Berlin. Veröffentlichungen u.a.: »Erika«, Theaterstück (1974), »Selbsterfahrung und Fremdbestimmung«, Essay (1975), »Nach Mainz!«, Gedichte (1977), »Verwundbar wie in den besten Zeiten«, Gedichte (1979), »Zweite Natur«, Szenen eines Romans (1981), »Vom Feuer lernen«, Gedichte (1985), »Kakaoblau. Gedichte für Erwachsende« (1989), »Die Freunde des Wetterleuchtens«, Prosa (1990), »Technik des Erwachens«, Gedichte (1992), »Mit dem Körper des Vaters spielen«, Essays (1992), »Sizilianer des Gefühls«, Erzählung (1993), »Landläufiges Wunder«, Gedichte (1995), »Verbeugungen vor der Luft«, Gedichte (1999), »In Zukunft schreiben« (2003), »Stimmen aus dem harten Kern. Gedicht« (2005), »Shanghai fern von wo« (2008). Auszeichnungen u.a.: 1994 Martha-Saalfeld-Förderpreis, 1997 Elisabeth-Langgässer-Literaturpreis, 2006 Calwer Hermann-Hesse-Stipendium, 2008 Rheingau Literatur Preis für Shanghai fern von wo, 2009 Jeanette Schocken Preis-Bremerhavener Bürgerpreis für Literatur, 2009 Deutscher Kritikerpreis, 2009 Joseph-Breitbach-Preis, 2009 Kunstpreis Rheinland-Pfalz.

Kathrin Röggla, geboren 1971 in Salzburg, Studium der Germanistik und Publizistik. Seit 1988 aktiv in der literarischen Öffentlichkeit, vor allem im Umfeld der Salzburger Autorengruppe, der Salzburger Literaturwerkstatt und der Literaturzeitschrift »erostepost«. Seit 1990 publiziert Röggla literarisch, zunächst in Literaturzeitschriften und Anthologien. 1995 erste selbstständige Veröffentlichung »niemand lacht rückwärts«. Seit 1998 verfasst und produziert sie Radioarbeiten (Hörspiele, akustische Installationen, Netzradio), u. a. für den Bayrischen Rundfunk und für das Berliner Netzradiokollektiv convextv. Seit 2002 schreibt sie auch fürs Theater. Kathrin Röggla lebt in Berlin. Veröffentlichungen (Auswahl): 2009 »tokio, rückwärtstagebuch«, 2006 »disaster awareness fair«, 2004 »wir schlafen nicht«, 2001 »really ground zero», 2000 »Irres Wetter«, 1997 »Abrauschen«. Auszeichnungen (Auswahl): Salzburger Landesliteraturpreis (1992), open mike (1993), Reinhard Priessnitz-Preis und Meta-Merzpreis (1995), Alexander von Sacher-Masoch-Preis, Italo-Svevo-Preis und New-York-Stipendium des Literaturfonds (2001), Hans-Erich-Nossack-Förderpreis und RIAS Preis (2003), Preis der SWR-Bestenliste und Bruno-Kreisky-Preis für das politische Buch (2004), Solothurner Literaturpreis und Internationaler Preis für Kunst und Kultur des Kulturfonds der Stadt Salzburg (2005).

Jens Sparschuh, geboren 1955 in Karl-Marx-Stadt. Studium der Philosophie an der Universität von Leningrad. Anschließend fünf Jahre tätig als wissenschaftlicher Assistent an der Ost-Berliner Humboldt-Universität. 1983 Promotion zum Doktor der Philosophie. Seitdem freiberuflicher Autor. Herausgeber und Verfasser von Gedichten, Essays, Romanen sowie von Hörspielen und Radio-Features. Mitglied des P.E.N. Jens Sparschuh lebt in Berlin. Veröffentlichungen (Auswahl): »Waldwärts. Ein Reiseroman« (1985), »Der große Coup – Aus den geheimen Tage- und Nachtbüchern des Johann Peter Eckermann« (1987), »KopfSprung – Aus den Memoiren des letzten deutschen Gedankenlesers« (1989), »Inwendig. Labyrinthgeschichte für Fortgeschrittene« (1990), »Der Schneemensch« (1993), »Der Zimmerspringbrunnen. Ein Heimatroman« (1995), »Lavaters Maske« (1999), »Eins zu eins« (2003), »Silberblick« (2004), »Schwarze Dame« (2007), »Putz- und Flickstunde. Zwei Kalte Krieger erinnern sich«, mit Sten Nadolny (2009). Auszeichnungen u.a.: 1988 Anna-Seghers-Preis, 1989 Hörspielpreis der Kriegsblinden, 1990 Ernst-Reuter-Hörspielpreis, 1996 Bremer Literaturförderpreis.

Preisträger und Jury 1993–2009

Jahr	Jury	Preisträger
1993	Uwe Kolbe Ginka Steinwachs Peter Wawerzinek	Wolfgang Schlenker Tim Krohn Kathrin Röggla
1994	Bodo Hell Katja Lange-Müller Michael Wildenhain	Ulf Stolterfoth Karen Duve Michael Müller
1995	Sabine Peters Walter Klier Jan Faktor	Julia Franck Sabine Neumann Christian Futscher
1996	Friederike Kretzen Kerstin Hensel Wilhelm Bartsch	Marcus Jensen Vera Henkel Olaf Behrens
1997	Margit Schreiner Kurt Drawert Michael Roes Burkhard Spinnen	Robby Dannenberg Björn Kuhligk Terézia Mora
1998	Brigitte Oleschinski Marlene Streeruwitz Georg M. Oswald	Boris Preckwitz Stephan Groetzner Tobias Hülswitt
1999	Birgit Vanderbeke Kathrin Schmidt Arnold Stadler	Almut Tina Schmidt Jochen Schmidt Michael Stauffer
2000	Terézia Mora Gerhard Falkner Silvio Huonder	Zsusza Bánk Claudia Klischat Markus Orths

Jahr	Jury	Preisträger
2001	Julia Franck Jens Sparschuh Adolf Muschg	Nico Bleutge Erika Anna Markmiller Tilman Rammstedt
2002	Ulrike Draesner Josef Haslinger Birgit Kemper	Kai Weyand Christian Schünemann Ariane Grundies
2003	Karen Duve Ingomar v. Kieseritzky Ferdinand Schmatz	Kirsten Fuchs Petra Lehmkuhl Veronika Reichl
2004	Thomas Hettche Michael Lentz Christina Viragh	Christian Schloyer René Becher Rabea Edel
2005	Katja Lange-Müller Lutz Seiler Peter Stamm	Lucy Fricke Dagrun Hintze Jörg Albrecht
2006	Maxim Biller Christoph Geiser Barbara Köhler	Luise Boege Katharina Schwanbeck Julia Zange
2007	Georg Klein Antje Rávic Strubel Raphael Urweider	Johann Trupp Tina Ilse Gintrowski Judith Zander
2008	Thomas Glavinic Monika Rinck Feridun Zaimoglu	Sonia Petner Svealena Kutschke Thien Tran
2009	Ursula Krechel Kathrin Röggla Jens Sparschuh	